SEDUCTION
E(S)T
DESTRUCTION

Elena LUCET

SEDUCTION E(S)T DESTRUCTION

SEDUCTION E(S)T DESTRUCTION

© 2017, Lucet, Elena
Edition : Books on Demand,
12/14 Rond-Point des Champs-Elysées, 75008 Paris
Impression : BoD - Books on Demand Norderstedt, Allemagne
ISBN : 9782322083787
Dépôt légal : septembre 2017

*« Plus vous dépendez des autres
pour confirmer votre existence,
moins votre vie vous appartient. »*

Guy FINDLEY

La Chic fille

Léna peut enfin respirer, faire entrer dans ses narines l'air frais de cet automne chatoyant qui l'inonde d'une énergie nouvelle, de sa vie enfin retrouvée.

Persuadée que son existence est découpée en tranches de vie, de dix-huit années chacune, elle entre allègrement dans le troisième cycle. Et tente de se réveiller d'un long cauchemar, en se disant : « Ce n'est pas possible, je ne l'ai pas vécu, ce n'est pas moi ! »

Elena LUCET

Il fait beau, la circulation est fluide, elle sera à l'heure à la gendarmerie.

ະ∞໐ຽ

L'année de ses huit ans, Léna avait fait une découverte majeure. Elle ne trouverait pas de modèle dans son entourage. Pour se construire et explorer la jungle de sa vie, elle devrait adopter ses propres règles.

Sa mère n'avait pas conscience de la réalité, tout était extrêmement compliqué. Elle se fabriquait toutes sortes d'artifices qui ne satisfaisaient pas sa quête du bonheur. Elle appartenait à ces natures pessimistes qui doutent de tout, et surtout d'elles-mêmes, prennent les compliments pour des moqueries et imaginent des complots qui faussent la réalité des choses et des faits. Elle ignorait à quel point sa fille lui était reconnaissante de l'enseignement qu'elle retirait en l'observant chaque jour. La mère de Léna s'occupait de son enfant de manière sporadique, ne s'intéressant à elle que lorsqu'elle la mettait en valeur. Léna ne voulait pas ressembler à cette femme qui regrettait tant de lui avoir donné la vie, et qui ne posait jamais sur elle le regard attendu. Elle ne pouvait pas lutter contre l'hérédité, mais de toutes ses forces elle se forgerait une éducation fondamentalement opposée à celle que sa mère tentait mollement de lui inculquer.

Car le seul référent adulte de cette maison était la mère. L'absence du père, toujours malade, souvent hospitalisé, était peut-être en partie responsable du mal-être de son épouse. Mais lorsque la maladie lui laissait un peu de répit, il redoublait d'attentions pour ses enfants.

Souvent livrée à elle-même, Léna développait un besoin incontrôlable de plaire à tout le monde. Elle avait adopté une attitude décalée, notamment pendant l'adolescence. Alors qu'elle ne parvenait pas à faire confiance à son entourage, elle cherchait néanmoins à le séduire.

Et puis Léna était « rêveuse », elle imaginait sa vie ailleurs. On l'appelait « l'étourdie ». Elle semblait absente, comme détachée d'elle-même. Souvent elle jouait la comédie, improvisant une mise en scène orchestrée par son entourage.

Pour plaire aux autres, elle était prête à accepter des moqueries ou des injustices, adoptant un air détaché. Mais au fond elle accumulait des couches de mal-être, et ses rêves d'évasion ne parvenaient pas toujours à maintenir sa petite flamme intérieure.

Léna avait le profil parfait de la « chic fille », on obtenait d'elle tout ce que l'on voulait. Car sa grande gentillesse lui permettait d'offrir beaucoup. Son erreur était de donner ce que son entourage désirait sans hésiter, presque sans réfléchir, parfois avant même qu'il n'en n'ait eu l'idée. Et elle se retrouvait seule et démunie car jamais aucun miroir ne reflétait sa propre vision des choses. Savait-elle reconnaitre le mensonge ?

Comment expliquer cette étrange attitude qui consistait toujours « à donner le bâton pour se faire battre » ? Comment savoir ce qui, tôt ou tard rendait son entourage méprisable, décevant ? N'était-elle entourée que de personnes mal intentionnées, ou était-elle seule responsable de la tournure que prenaient les situations ? Et pourquoi ce scénario se répétait-il si souvent ? Les expériences douloureuses ne devraient-elles pas servir à ne pas se reproduire ?

℘℘

Elena LUCET

Judith, la sœur de Léna était de deux ans son aînée. Elle persécutait « la cadette » depuis toujours. De plus, les parents avaient commis la maladresse de lui confier l'éducation de « la petite », sur qui elle expérimentait toute sorte de pouvoirs de domination.

Léna ne disposait pas des outils pour se rebeller. Elle acceptait tout, en accumulant des résidus de mal-être sans s'en rendre compte.

A cause d'un caractère intransigeant et excessif, Judith avait peu d'amis. Et elle pouvait foudroyer Léna du regard ou s'interposer physiquement lorsque quelqu'un l'abordait. Cette attitude relevait plus de la jalousie que d'une intention protectrice.

La mère, désespérée par le caractère acariâtre de Judith demanda à Léna d'inviter quelques amis pour le vingtième anniversaire de sa sœur :

- Tu connais beaucoup de monde, c'est injuste pour ta sœur, il faut qu'elle s'amuse un peu, fasse quelques connaissances...

Léna était très étonnée de cette soudaine confiance, même s'il ne s'agissait que de faire plaisir à sa sœur...

Difficile de savoir ce qui provoqua l'esclandre. Au moment fort de la soirée, les hurlements de Judith mirent fin à « la petite fête » aussi brutalement qu'une coupure d'électricité. Après avoir congédié tous ses amis poliment en se confondant en excuses, Léna retrouva sa sœur habillée sous une douche glacée. Sa mère tenait le pommeau d'une main et une Judith hystérique de l'autre.

Léna venait d'échouer à la mission que sa mère lui avait confiée.

Elena LUCET

Quelques semaines plus tard, Judith faisait la fierté de ses parents en annonçant une invitation pour la Saint-Sylvestre.

La mère pria Léna de l'accompagner :
- Tu comprends, je préfère que tu sois avec elle, on ne sait jamais ce qu'il peut arriver...

Judith semblait contrariée de se « traîner la cadette », partager ses nouveaux amis, qui tomberaient sous son charme... Sans qu'il lui vienne à l'esprit qu'elle avait percé la bulle de Léna depuis sa plus tendre enfance.

Ainsi au cours de cette soirée, Léna fit une rencontre qui devait la transporter vers un nouvel horizon, révélateur de son propre fonctionnement.
Il devrait convenir à son entourage, puisqu'il était issu du nouveau cercle d'amis de sa sœur.

Robert n'avait jamais rencontré une personne aussi ravissante, il mit tout en œuvre pour attirer son attention, et s'immiscer habilement lorsque quelqu'un d'autre tentait d'approcher Léna.

Un peu engourdie par l'alcool et la fumée de cigarettes, elle s'était extraite de l'ambiance de la fête pour faire quelques pas dans le jardin. Le clair de lune illuminait la campagne environnante, les arbres dessinaient des ombres sur les allées, et la musique accentuait cette ambiance féérique.

Robert l'avait suivie, et parlait de lui. Elle se laissait guider par la douceur de l'instant. Et lorsque Judith croisa sa sœur à plusieurs reprises avec ce garçon insipide, qui ne la mettait pas du tout en valeur, elle ne lui demanda pas de « rendre des comptes ». Au contraire, elle affichait une curieuse empathie, bien décidée à tout mettre en œuvre pour que cette relation perdure.

Elena LUCET

ಬಂಡ

Léna vécut sa dernière année de lycéenne sans se préoccuper de son avenir. Et après un échec au baccalauréat, ne trouvant pas de soutien dans son entourage pour l'encourager à persévérer, elle dût se résoudre à renoncer à une carrière d'enseignante.

Elle avait confié ce projet à sa sœur qui s'était esclaffée :
- Tu rêves ma pauv'fille, avec ta tête de linotte, tu n'y arriveras jamais !

Si Léna avait échoué au bac, c'était qu'elle n'était pas douée pour les études. Mais ce qui la surprenait le plus, était l'attitude de ses parents ; persuadés que les gens de leur « condition » ne pouvaient pas avoir accès à l'université. Comme si, dans les années soixante, les études supérieures étaient encore réservées à une certaine classe sociale.

On fit clairement comprendre à Léna qu'elle devrait entrer dans la vie active, ou se marier.

C'est donc plus par résignation que conviction, et sous la pression de sa future belle-mère, que Léna finit par accepter d'épouser son fils.

Robert était vendeur dans un magasin depuis quatre ans déjà. Il ne voyait pas non plus en quoi les études de Léna pourraient lui servir pour tenir un foyer. Et puis il n'entendait pas que les connaissances de sa « future épouse » soient supérieures aux siennes. Il jouissait d'un train de vie confortable, puisqu'il vivait toujours chez « papa - maman ». Et Léna n'avait qu'à se glisser dans le moule que cette nouvelle famille lui avait choisi.

∞∞

Le mariage fut d'une grande réussite dans la pure tradition. Chacun pouvait parader, et exalter son égo dans son rôle de belle-mère, beau-père, tante, cousin… Et Léna se retrouvait parmi des invités constitués essentiellement de sa belle-famille ; les rares amis qui lui restaient fidèles n'osèrent pas avouer leur dégoût d'un telle gâchis et déclinèrent l'invitation.

Léna commençait à se plier aux exigences de son époux, en mettant tout son talent pour le séduire. Elle paraissait heureuse mais cachait habilement sa détresse intérieure.

Dévouée, elle servirait Robert à la lettre, en suivant les instructions de sa belle-mère. Sa vie entière serait désormais consacrée au bonheur de son mari.

On l'installa dans un appartement qu'elle n'avait pas choisi, dans l'immeuble de ses beaux-parents. *Des recettes de cuisine, au placard à balai, tout fut transféré.*

La belle-famille ne perdait pas une miette du quotidien de la « charmante épouse ».

Léna troqua ses tenues féminines en vêtements adaptées aux travaux domestiques. Sa vie était organisée entre les courses et le ménage, jusqu'aux pantoufles qu'elle portait précipitamment à son époux qui s'affalait chaque soir devant la télévision.

Robert se trainait pitoyablement du canapé à la cuisine, puis de la table au lit, où Léna se pliait à son devoir conjugal… Aucune fausse note n'était admise de sa part, et curieusement elle exécutait la partition en virtuose !

Sa vie se résumait à plaire à son mari. Enfant docile, elle était devenue une « femme comblée » qui ne manquait de rien. Car avec l'ancienneté, Robert obtint rapidement une promotion, et comme Léna faisait quelques ménages, y compris dans la cage d'escalier, ils pouvaient grossir les rangs des biens heureuses victimes de la société de consommation. Léna recevait l'aspirateur « dernier cri » à Noël, et tout était pour le mieux dans le meilleur des mondes !

Si d'aventure, au cours d'un repas familial, Léna osait prendre la parole pour exprimer son point de vue, elle recevait sous la table, un coup de pied de son mari, agacé. Les paroles de Léna ne faisaient pas plus d'effet qu'un léger courant d'air. On oubliait de la servir à table. Elle ne recevait que des consignes pour bien faire la lessive ou le ménage… Tout autre sujet était « tabou ».

Comme beaucoup de femmes dans son entourage, sa belle-sœur était excessivement jalouse. Et plus Léna tentait de la séduire, par d'innombrables marques d'attention, plus la sœur de Robert cherchait à l'humilier. Car il était insupportable qu'une autre femme, aussi parfaite soit-elle, puisse avoir le privilège de partager la vie de son frère chéri. Elle entendait bien garder son rang de princesse, dans une famille où Léna n'était qu'une domestique.

Et lorsque Robert avait une divergence de point de vue, aussi infime soit-elle, avec sa sœur chérie, la belle-mère se penchait vers Léna pour lui murmurer :

- Mes enfants se sont toujours bien entendus, dire qu'il a fallût qu'une étrangère arrive pour qu'il y ait discorde. Mais tu ne peux pas comprendre...

Ce que Léna avait du mal à comprendre, en effet, c'est que quoi qu'il se passe dans cette famille, elle servait de bouc émissaire.

Elle s'était simplement habituée à « encaisser » le mal-être des autres. Elle croyait bien faire en restant polie et discrète, et s'obstinait à séduire un entourage qui n'avait que faire de ses attentions.

Léna pensait que l'image positive qu'elle projetait contribuerait à son bien-être. Mais c'est l'inverse qui se produisait. Dans ce besoin de vouloir plaire, elle attendait une sorte d'approbation. Comme si cette famille pouvait l'autoriser à exister. En réalité, plus elle dépendait des autres pour confirmer son existence, plus sa vie lui échappait.

☙❧

Un matin de printemps, la belle-famille décida d'organiser un pique-nique à la campagne. Cette sortie champêtre fut plus imposée que proposée à Léna, puisqu'il ne venait jamais à l'esprit de qui que ce soit de lui demander son avis.

Léna s'était préparée avec entrain. Le beau-père chargeait la table pliante, les chaises et les cannes à pêche, et tout le monde prit la route dans le break familial. Le père de Robert adoptait une attitude de chauffard totalement dépourvu de civisme. Sa conduite était nerveuse et saccadée, Léna eut la nausée tout au long du trajet.

Au bout d'une heure-et-demi de supplice, ils arrivèrent dans un charmant sous-bois près d'une rivière, agrémentée de tables et bancs en bois. Le beau-père de Léna s'en prenait aux responsables de l'aménagement de cette aire de pique-nique qui lui avaient infligé la corvée inutile de sortir le mobilier de la cave... Léna l'observait, il lui renvoyait sa propre image de belle-fille au foyer. Elle réalisait ce qui l'attendait, sa soumission actuelle n'était rien comparée à celle qu'elle devrait adopter lorsque son mari ressemblerait à ce bougon hors-pair. Sa belle-mère acquiesçait sans protester, elle avait faite siennes les idées et attitudes de son mari. Voilà ce que l'on attendait de la bru.

Après un repas pantagruélique bien arrosé, scandé de rots et de pets indélicats, les parents de Robert étalèrent une couverture sur le fin gazon pour une sieste « bien méritée ».

Pendant que leur chère progéniture s'équipait pour taquiner l'ablette, Léna s'esquiva adroitement afin d'éviter sa contribution pour enfiler les asticots sur les hameçons, et surtout son indispensable présence silencieuse aux côtés du grand maître.

Après avoir été superbement ignorée, totalement mise à l'écart, se retirer discrètement de cette aimable société ne fut qu'un jeu d'enfant.

Assise au pied d'un arbre, Léna retroussa son pantalon pour profiter des rayons du soleil, et se réfugia dans un roman emprunté à la bibliothèque.

Par moments, elle levait les yeux sur la paroi rocheuse en face d'elle. Elle cherchait les prises pour l'escalader, elle entendait le tintement des boucles sur les baudriers. Puis elle glissait le long de la rivière à bord d'un canoë pour bivouaquer un peu plus loin et s'endormir à la belle étoile...

Tout à coup Léna frissonna, la lumière s'était estompée, une légère brise annonçait la fin de la journée. Absorbée par sa lecture et ses rêveries, elle ne s'était aperçue ni du temps passé, ni du déclin du soleil.

Elle se secoua, fit quelques pas pour rejoindre les autres, et ... Stupéfaction !

Personne !

L'endroit était désert. Elle croyait rêver. La nature avait repris toute sa beauté après le passage irrévérencieux de ceux qui croyaient la posséder quelques heures auparavant.

A la dernière lueur du jour, Léna se dirigea vers la route principale. Robert et ses parents l'avaient tout simplement oubliée. Elle ne se sentait pas vraiment abandonnée, puisqu'elle n'avait jamais fait partie de cette famille.

Sans inquiétude de se retrouver sur cette route déserte à plusieurs kilomètres du premier lieu d'habitation, elle faisait des suppositions tout en marchant.

L'avaient-ils appelée au moment de partir ? S'étaient-ils inquiétés de son absence ? L'avaient-ils oubliée intentionnellement pour lui signifier une nouvelle règle de conduite ?

Au bout d'une heure, elle aperçut les phares de la voiture de son beau-père qui ralentissait.

Aucune excuse, aucune explication, tout juste un « tu nous les auras toutes faites ! » d'un Robert à moitié endormi sur la banquette arrière. Au bout de quelques kilomètres, il s'était aperçu de l'absence de sa femme en évoquant la possibilité de faire cuire le soir même la malheureuse truite qu'il avait pêchée.

Toute la responsabilité de cette situation ne pouvait retomber que sur Léna, mais elle n'écoutait pas les remontrances. Elle était restée au pied du rocher. Elle entendait le bruit de la rivière, le chant des oiseaux, et sentait sur sa peau la douce chaleur des rayons du soleil.

A l'issue de cette journée, où elle avait puisé suffisamment d'énergie pour voir clair en elle, elle sut qu'elle partirait. Elle reprendrait en main sa propre vie, cette intention ne la quitterait plus.

Elena LUCET

ଚଡ଼ଔଓ

Ce projet en tête, elle supportait jour après jour, nuit après nuit, cette vie pleine d'ennui et d'humiliations. Léna purgeait patiemment sa peine, pour avoir commis l'erreur de ne pas avoir vu, ni compris qu'en échappant à sa bulle familiale et à la tyrannie de sa sœur aînée, elle s'était jetée dans l'antre d'une famille bien plus tortionnaire que ceux qui l'avaient mise au monde.

En même temps, Léna était assaillie par le doute. Elle pouvait se persuader que ses idées étaient fausses, et finissait par croire son entourage. L'étourdie, la tête en l'air, la « sans cervelle » … Il lui était de plus en plus difficile de penser par elle-même. Elle ne faisait qu'appliquer à la lettre ce que l'on attendait d'elle. Comment sortir de cet engrenage ? Elle comprenait si bien leur fonctionnement, il était si facile de s'y conformer, qu'elle avait perdu toute confiance en elle.

Léna était même parvenue à se détester. Et comme chaque jour elle était accusée d'un nouveau larcin, elle culpabilisait et cette attitude l'affaiblissait de plus en plus. Elle devait bien reconnaitre « sa chance d'avoir échoué dans cette famille, à qui elle devait tout... »

La violence verbale, les mots portés sur elle au quotidien étaient dignes d'harcèlement. Mais on se souciait peu de ces « petites choses », elles étaient même cautionnées. Tout le monde fermait les yeux, il fallait se taire et supporter, ce n'était pas si grave ! Et puis « il fallait laver son linge sale en famille », rien ne devait sortir des murs... Les principes du siècle précédent restaient ancrés dans les mœurs de ces « braves gens ». Les non-dits se posaient sur Léna comme une chape de plomb.

Léna voulait disparaître jusqu'à ne plus vivre que pour son entourage, devenir à la perfection ce que les autres voulaient qu'elle soit. Ne plus exister pour elle-même, étouffer la petite voix rebelle au fond d'elle. C'était le seul moyen de survivre à un quotidien qui ne lui correspondait pas... Mais qui correspondait si bien à ce que son environnement attendait d'elle ?

Quelle « chic fille » vraiment !

« On ne fait pas toujours ce que l'on veut,
et pourtant on est responsable de ce que l'on est. ».

Jean Paul SARTRE.

L'ennemi intime

Léna réalise que cela a bel et bien existé. Elle aura passé les trente-six premières années de sa vie en spectatrice.

Elle cherche un endroit pour garer son véhicule, et consulte le plan à nouveau. Clignotant, regard dans le rétroviseur, et cette curieuse angoisse qui la ramène à ce soir de décembre.

಄಄಄

Sa vie de femme n'existait pas. Léna supportait les assauts de son mari, sans que celui-ci se préoccupe de savoir ce qu'elle ressentait. Pendant ces supplices quasi quotidiens, elle s'auto bâillonnait pour ne pas protester contre ces « viols » déguisés en actes conjugaux légitimes.

Elle pleurait en cachette, souvent à coté de ce corps endormi, tenait le moins de place possible dans ce lit commun, pour éviter tout contact inutile après la torture qu'elle venait d'endurer.

Son mari lui procurait un dégoût croissant d'elle-même, et Léna tentait chaque jour d'échapper à cet insupportable supplice.

Un soir de décembre, elle sentait qu'il allait encore abuser d'elle, elle savait que pour éviter ses colères il lui fallait céder, elle pensait :

- *Tu te sers de mon corps, mais tu ne possèdes pas mon cœur, et mon âme est ailleurs.*

Il la viola, comme à son habitude. Mais alors qu'il s'était réveillé au milieu de la nuit avec une érection incontrôlable, Léna se réfugia sur le canapé avec une couverture. Au bout de quelques minutes, une fois l'effet de surprise estompé, Robert fit irruption dans le salon :

- *Reviens immédiatement !*
  Tu es ma femme, tu dois dormir dans mon lit.
- *Non... Avant d'être ta femme je suis une personne, et tu ne peux pas m'obliger éternellement à faire ce que je ne supporte plus.*

Léna exprimait sa colère d'un ton froid et maîtrisé. Mais Robert ne comprenait pas. Surpris par l'attitude inacceptable de son épouse, il ne pouvait se contenir.

- *Ah ! tu te crois maligne parce que tu passes ton temps à bouquiner ? Tu imagines que tu es plus intelligente que moi ? Mais tu as dit « oui » ma belle, et c'est pour la vie. Tu m'appartiens, par les liens sacrés du mariage, pour le meilleur et pour le pire ! Alors reviens dans mon lit !*

- *Le pire pour moi, et le meilleur pour toi, c'est bien cela ? Et le « nous » n'appartient pas à ton langage ? C'est toujours « moi », « je », « mon » ceci ou cela. Et cela t'es bien égal, ce que je ressens, qui je …*

Elle n'eut pas le temps de terminer sa phrase, Robert l'avait empoignée. Et tout en lui prodiguant des coups, il la traînait dans l'appartement. Elle se retrouva sur le lit, après s'être débattue et cognée contre les murs et les meubles.

Sous l'effet d'une rage incontrôlée, tant son orgueil avait été écorché à vif, Robert la frappait avec une telle violence qu'elle s'évanouit.

Le lendemain, elle ne sentait plus son corps, elle était tellement meurtrie à son réveil qu'elle croyait avoir fait un cauchemar. Elle voyait Robert lui apporter un plateau avec un petit déjeuner, et une rose...

Elle ne rêvait pas, il lui demandait pardon, lui baisait les mains en la priant de se reposer. Il avait prévenu sa mère que sa chère et tendre était souffrante, et ne sortirait pas de la journée.

Une fois la porte fermée, Léna repoussa les draps et le plateau qu'elle n'avait pas touché, et se dirigea vers la salle de bain. Là elle comprit. Le visage de cette femme dans le miroir était méconnaissable. Elle prit une douche en évaluant les dégâts sur son corps. Elle réalisait le chemin parcouru, ce qu'elle était devenue, ce qu'elle avait laissé faire.

Il fallait réagir, prendre une décision, partir tant qu'il était temps, se sauver de cet enfer qui risquait d'empirer.

Les évènements de la veille, cette nouvelle violence physique qui s'ajoutait à la violence verbale alimentait une pensée obsessionnelle : partir, n'importe où, « ailleurs », loin, dans une autre vie, la sienne.

Léna comprenait sa part de responsabilité dans ses choix, comment aurait-elle pu prévoir, depuis cette soirée, trois ans auparavant, qu'elle allait vivre un enfer ? Comment faire pour défaire tout cela ? Comment se révolter après une si grande période de docilité, presque de soumission ? Sa crédibilité serait mise en doute. Mais Léna n'avait pas encore compris que pour être crédible il suffisait d'exprimer simplement ce que l'on ressent, au lieu de chercher à plaire à tout prix, et surtout prendre le risque de ne pas être aimée.

Son entourage ne pourrait jamais être en phase avec elle. Son désir de communiquer d'égal à égal avec les autres ne suffisait pas pour qu'on en fasse autant avec elle. La seule crédibilité qu'elle devait trouver était vis-à-vis d'elle-même. Séduire à tout prix ne rend pas crédible, ne fait que fausser davantage son authenticité. « Etre vraie, être soi », ne veut pas dire faire n'importe quoi !

Et puis Robert aimait à répéter que les lois de la nature nous imposent un fait très simple :

- Dans toute relation de couple il faut un dominant, un dominé.

A condition toutefois que ce soit lui, le dominant. Et Léna avait imaginé changer tout cela, en douceur. Quelle illusion !

Une force intérieure la poussait à ne pas s'apitoyer sur son sort. Léna rassembla tout son courage pour camoufler les ecchymoses sous le maquillage et les lunettes noires et s'apprêtait à sortir.

Elena LUCET

Elle craignait que Robert ne l'ait enfermée, cela s'était déjà produit, au début de leur aménagement. Elle s'était retrouvée prisonnière une journée entière, sans téléphone. L'avait-il fait consciemment ? Léna ne le saurait jamais. Robert avait pris soin de verrouiller la porte en partant très tôt le matin. La serrure ne permettait pas d'ouvrir de l'intérieur, il avait enfermé son épouse pour la journée. Personne ne s'était inquiété de l'angoisse qu'elle avait pu ressentir. A cette époque elle ne disposait que de la cabine téléphonique du coin de la rue. Ce jour-là elle n'avait pas osé appeler au secours, de peur des réactions de Robert à son retour, toujours soucieux du « qu'en dira-t-on ».

Au moment où elle franchissait la porte, en se remémorant cette aventure passée, Léna se retrouva face à sa belle-mère.

- Robert m'a dit que tu étais souffrante. Où vas-tu ? Si tu as besoin de quelque chose, je peux t'aider.

Sûrement pas pensait Léna, mais elle ne pouvait éconduire la mère de Robert et fut contrainte de revenir sur ses pas, à l'intérieur de l'appartement.

Lorsqu'elle ôta ses lunettes, sa belle-mère retint un cri d'effroi, elle comprit immédiatement la situation. Elle prit les mains de sa belle-fille dans les siennes, et avec un ton d'une douceur que Léna ne lui connaissait pas, elle entama un long monologue :

- Tu sais, il est comme ça… mais ce n'est pas un mauvais garçon… il a ses bons côtés, … il t'aime tellement… et nous aussi… nous te considérons comme notre fille…. Avec moi aussi, lorsqu'il était enfant et adolescent, il se comportait brutalement, il ressemble à son

grand-père... D'ailleurs on pense que ma mère en est morte, j'étais trop jeune pour comprendre, lorsque je lui rendais visite à l'hôpital... A l'époque personne ne m'a dit ce qui se passait, mais des bruits courraient dans le village... Ce sont des habitudes dans les familles... Oh ton beau-père n'est pas comme ça...

- J'allais porter plainte au commissariat lorsque vous êtes arrivée, coupa Léna qui ne supportait ni ces subites révélations ni ce revirement de comportement. Ce discours lui ouvrait les yeux et cette vérité la foudroyait littéralement. *Voulez-vous m'accompagner ?*

Sa belle-mère se ressaisit :

- Tu ne comprends décidément rien à rien ma pauvre fille ! Je te dis qu'il n'est pas responsable, enfin comment peut-on porter plainte contre son propre mari ? Non, ce sont des choses qui doivent se régler en famille, qui

ne regardent personne. Tu me demandes de trahir mon propre fils, tu es vraiment sans cervelle. Ne t'avise pas de te rendre au commissariat, n'oublies pas que Robert tient parmi ses anciens camarades de classe des gendarmes et policiers. Dès que son nom apparaîtra dans un rapport, ta plainte ira droit au panier... A mon avis, ce qui arrangerait tout c'est que tu nous fasses un beau garçon !

Sur ces mots elle se redressa, balaya du regard l'appartement et lança un regard que Léna connaissait bien, dédaigneux et hautain :

- Tu ferais mieux de tenir ton intérieur.

La pièce portait encore les traces de l'excès de fureur de son fils. Puis elle ajouta, en relevant une chaise :

- Le ménage est la seule activité qui te fera oublier ces sornettes, et lorsque Robert rentrera il sera un bon petit mari comblé, car tu lui auras mijoté son plat préféré. Je vais au

marché, ne t'occupes de rien, prends mon livre de recettes... Allez ma fille, du courage, et un peu de dignité que diable !

Léna était consternée, le courage et la dignité consistaient à se taire, à se conformer davantage à ce que son bourreau attendait, et engendrer une descendance à cette détestable famille. L'hypocrisie était à son comble. Elle ne se doutait pas du piège qui l'attendait. En se défendant Léna allait offrir à son ennemi intime le rôle de « victime », et ce qu'elle allait entreprendre ferait d'elle la seule responsable du malheur de Robert. La préservation des droits des femmes est un éternel combat.

∞∞

Seulement quinze ans auparavant, l'éducation des femmes au foyer figurait encore dans les manuels scolaires.

On conseillait aux bonnes épouses de faire en sorte :

« - que le souper soit prêt,

- qu'elles soient reposées, détendues et soignées,

- qu'elles rangent le désordre,

- allument le feu dans la cheminée,

- réduisent les nuisances sonores,

- soient à l'écoute de leur mari,

- ne se plaignent jamais,

- ne le dérangent pas avec leurs plaintes et problèmes,

- et soient d'une hygiène irréprochable,

- soignent leur apparence sans être aguicheuse,

- obéissent au lit conformément aux vœux prononcés lors du mariage,

- acceptent en toute humilité l'accouplement,

- se résignent à tous les désirs de leur mari,

- et se réveillent à l'aube pour préparer le lever du maître des lieux. »

Que cette forme d'esclavagisme soit encore enseignée dans les institutions scolaires alors que Léna avait à peine 5 ans, expliquait en partie l'attitude de sa belle-mère qui adhérait à ces principes par naïveté et un sérieux manque de bon sens ou d'humanité. Les us et coutumes ne s'effacent pas de la mémoire collective si facilement.

La jeune femme savait qu'une attitude rebelle ne ferait pas le poids face à toutes ces années d'intégrisme. Ce modèle correspondait tout à fait à l'idée que son mari se faisait de la « parfaite épouse » et Léna avait tout simplement négligé ce détail !

Elle réalisait à quel point les mailles du filet s'étaient resserrée sur elle. Elle allait apprendre la vigilance, la méfiance et observer son ennemi intime avec une nouvelle clairvoyance. En même temps elle s'isolerait de plus en plus, se renfermerait sur elle-même et construirait une carapace dont elle ne se libérerait jamais totalement.

ℬⅭℬ

Léna suivit sa belle-mère du regard à travers les rideaux de la salle à manger, décrocha le téléphone et pria son médecin de la recevoir de toute urgence.

Le cauchemar ne s'arrêterait jamais... Elle comprit au cours de la consultation que ce bon médecin, au regard bleu d'une infinie compassion, lié à sa belle-famille depuis si longtemps, ne ferait que lui prescrire de l'aspirine et de l'arnica. Il ajouta à l'ordonnance, après une brève hésitation, des calmants, et somnifères légers ... Pour dépression ... Ce qui ne pouvait que conforter l'attitude de Robert.

Ce serait plus long et plus douloureux que ce que Léna avait imaginé. A sa sortie du cabinet médical elle se retrouva sur le trottoir, comme assommée, portée machinalement par ses pas. Elle entendait les bruits étouffés de la rue, ne reconnaissait ni la lumière ni les odeurs de ce

　　　Elena LUCET

quartier qu'elle traversait tous les jours. Son corps avait gommé d'un seul coup tout ce qu'elle venait de vivre sous le choc de la dernière phrase du médecin, qui résonnait encore en elle :

- Faites attention à vous, surtout dans votre état, je pense que votre mari sera ravi d'apprendre que vous êtes enceinte !

ℰᗡᏣℬ

Quelle curieuse sensation ! Mélange de détresse, de solitude et de plénitude. Tout s'écroulait. Au moment où Léna devait rassembler tout son courage pour fuir, il lui faudrait une volonté hors du commun pour rester. Rester, résister et supporter le mieux possible pour donner la vie à l'enfant qu'elle portait.

Son attention était tellement tournée vers cet avenir tout tracé qui s'imposait à nouveau, comme une évidence, qu'elle ne songeait plus au commissariat.

Elle prit le chemin de l'appartement, bien décidée à reprendre en main le cours de sa vie. Elle n'oubliait pas pour autant le visage effrayant que Robert avait dévoilé. Mais elle s'employait déjà à composer une nouvelle attitude des plus détachées, car tout en elle désormais graviterait autour de cet enfant.

৪০৫৪

Quel revirement de situation ! Robert et sa virilité étaient tellement flattés par cette annonce, qu'il laissa son épouse en paix jusqu'à la naissance du bébé.

De surcroît l'attitude de Léna s'était endurcit. Elle avait acquis une capacité supplémentaire à se détacher de son entourage. Elle avait décidé d'être indifférente à ce qui se passait autour d'elle. Son corps, tel un robot bien programmé effectuait mécaniquement les tâches quotidiennes, prononçait les mots et exécutait les gestes attendus. Son esprit était ailleurs, avec cet enfant qui vivait et grandissait en elle. Ensemble ils observaient ce monde étrange. Et plus elle prenait conscience de cette comédie, plus elle reprenait des droits sur sa vie.

Elle ressentait toujours ce décalage entre le point de vue des autres et le sien, mais elle avait compris que pour exister dans cet environnement, elle devait continuer à se taire.

Plus de coups de pieds sous la table puisqu'elle ne parlait presque pas. Elle avait compris que Robert ne supportait pas que le raisonnement de sa femme soit différent du sien. Cantonnée à son rôle de « mère porteuse », Léna usait d'un stratagème qui serait profitable à son enfant. Elle avait compris qu'en attendant le moment propice pour s'évader, il fallait se taire et encore endurer cette vie où elle n'avait pas sa place.

ɕɔ)ɕʓ

Pendant sa maternité Léna mit à profit ses lectures sur les méthodes de préparation à l'accouchement et de communication avec son bébé.

Bonne nageuse, elle se rendait régulièrement à la piscine. La maternité décuplait son charme. Ses nouvelles rondeurs lui donnaient une allure épanouie. Léna nageait le crawl et le dos, en évitant la brasse pour ne pas renforcer la tonicité de son périnée.

Puis elle se calait dans un coin, près de l'échelle, les mains sur son ventre et communiquait avec son bébé par la pensée. Léna suivait ainsi une sorte de rituel, adaptant ses lectures sur l'haptonomie et d'autres méthodes de préparation. Le bébé semblait apprécier, il se lovait contre la main de sa mère dans un ventre détendu qui épousait alors la forme de son petit corps.

Intrigué par la jeune femme, un maître-nageur engagea la conversation et lui proposa d'assister à des cours de préparation à l'accouchement en piscine, pour travailler sa respiration. Léna accepta l'invitation avec joie, elle pourrait ainsi préparer en douceur la naissance de son bébé.

Afin que Robert ne pose aucun obstacle à ses nouvelles activités, elle l'invitait systématiquement. Il refusait en prétextant l'inutilité de ces balivernes, prenant sa mère à témoin, qui ressassait sans cesse son propre accouchement :

- La douleur en couche est une chose naturelle …, on n'avait pas besoin de tout ça, et on les a bien mis au monde…, avec les bonnes sœurs à cornettes qui nous disaient de nous taire, que l'on avait sûrement moins crié au moment de les mettre en route…

Léna n'insistait pas. Elle dosait habilement les moyens de vivre pleinement ces instants privilégiés, sans que son époux ne vienne les polluer par ses réactions rustres et inappropriées.

∞∞

Depuis quelques mois Robert n'avait plus levé la main sur elle. Elle jouissait de cette trêve et se préparait à sa vie future de mère.

Sa belle-famille était étrangement attentionnée. Léna s'était retenue de pouffer de rire lorsque sa belle-mère lui avait confié :

- Nous savons que tu nous as préparé un héritier, mais tu sais que ton beau-père ne t'en aurait pas voulu si tu nous avais fait une fille.

Cette famille était-elle à ce point inculte qu'elle ignorait même que le sexe de l'enfant ne pouvait dépendre que de leur fils, ou leur solidarité était-elle encrée au point de rendre décidément Léna responsable de tous les « dysfonctionnements » ?

La future maman avait droit aux cours de tricot pour le trousseau du bébé, et à tous les remèdes possibles et imaginables. Ne disposant que de peu d'issue, elle fut contrainte de préparer l'arrivée de cet enfant conformément aux règles établies par son entourage.

Le cœur de Léna et son instinct lui dictaient l'inverse de ce qu'elle voyait ou entendait autour de sa maternité. Elle se contentait *d'attendre, et de ressentir avec une curiosité bienveillante la métamorphose de son corps.*

On la croyait naïve et immature, elle veillait et profitait pleinement de cette période de répit. Beaucoup mieux informée et avertie que tous ceux qui se persuadaient de faire son éducation de future mère, elle savait qu'il était inutile d'avancer ses idées... Elle ne voulait prendre aucun risque et se contentait de suivre docilement ces préparatifs jusqu'à la naissance de son enfant.

ଛଡଗ

Et un soir d'été Paul sortit de son ventre pour se réfugier dans ses bras. Indifférente aux observations désobligeantes de son entourage, qui lui reprochait d'avoir « créé tant de souci à toute la famille », Léna berçait son enfant avec un bonheur infini.

Elle était totalement hermétique aux remarques et échanges de son entourage. Et lorsque le défilé bruyant et exubérant prenait fin, elle retrouvait le corps tiède et léger de son bébé, qui lui offrait un regard profond et étonné. Elle lui parlait, le cajolait avec des gestes sûrs, d'une infinie tendresse. Rien des sentiments qui l'envahissaient ne pouvait l'étonner. Elle vivait, en parfaite harmonie, et savourait ces instants partagés avec son bébé.

Léna transmettait à son enfant d'un regard, du son de sa voix ou d'un geste tout son savoir de mère et son intelligence. Cette complicité tisserait un lien indestructible.

Les massages et caresses que Paul appréciait visiblement marquaient l'empreinte définitive de sa mère. Ils communiquaient en permanence par le regard ou un simple toucher. Ils savaient ce que l'autre ressentait, pensait ou souhaitait sans avoir besoin de prononcer une seule parole, et cela parfois au désarroi de ceux qui ne percevaient pas ce mode de communication particulier. C'était un code inaltérable.

Léna se passionnait pour la psychomotricité, elle avait lu et relu avec gourmandise les auteurs découverts pendant sa grossesse. Elle ne savait pas exactement si le fait de déchiffrer le langage de son enfant avec autant de facilité était inné, instinctif ou l'interprétation hasardeuse de ce qu'elle avait appris du mode de fonctionnement des tout-petits.

L'arrivée de son bébé procurait à Léna le vrai goût du bonheur ! Sans perdre une miette de tout le terrain qu'elle avait défriché avant la naissance de Paul, elle acceptait patiemment les contraintes quotidiennes et construisait au jour le jour l'avenir de son enfant.

Paul était un bébé magnifique, il devient rapidement un petit garçon vif et espiègle.

« Avec de la patience,
le verger se transforme en confiture. »
Proverbe Persan.

La parenthèse inattendue

La respiration coupée, oppressée comme si un danger imminent se préparait, Léna se gare près de la gendarmerie.

Le mal-être la submerge à nouveau, ses jambes se dérobent à chaque pas. Elle doit ralentir pour dissiper un point au cœur.

Respirer calmement, se préparer comme pour un examen oral important, vital... ça y est, ça va mieux, c'est passé...

Elle est en avance. Elle s'entend dire à l'officier dans l'entrée qu'elle est « convoquée », alors que le courrier qu'elle a reçu « l'invite » à déposer ...

C'est la première fois que l'on porte plainte contre elle. Léna sait seulement que Robert en est l'auteur. Elle s'installe dans la salle d'attente en consultant le dossier qu'elle a préparé. Et surtout, elle pense à son petit garçon.

₧₨₧

Elle avait vécu les cinq premières années avec son enfant en souveraine. Son nouveau statut de mère la protégeait. Léna montrait une telle assurance dans l'éducation qu'elle donnait à son fils que Robert n'osait pas s'interposer.

Parfois celui-ci jouait son rôle de père et voulait montrer à tous quel petit animal savant était son fils. Paul s'exécutait bravement, et Léna n'intervenait pas dans la mesure où elle maîtrisait parfaitement les excès de paternité de son mari. Elle veillait sans relâche à ce qu'il ne porte aucune atteinte à la santé physique et morale de son enfant.

Robert n'avait aucune idée du stratagème que son épouse avait établi. Il l'ignorait toujours superbement et serait d'autant plus surpris au moment où Léna mettrait son plan à exécution, qu'elle ne laissait absolument rien transparaître.

Toute absorbée par le tissage de sa toile, la jeune mère ne prêtait même plus attention au comportement rustre et indélicat de son mari. Il était redevenu aussi brutal et irrespectueux qu'avant la naissance de l'enfant. Il s'emportait pour une chemise mal repassée, du fait que son épouse n'ait pas préparé à temps le déjeuner, pour un objet mal rangé ou simplement déplacé... Mais Léna le désarmait la plus-part du temps par son détachement mesurée et sa patience imperturbable.

En réalité elle vivait les moments de solitude les plus profonds de son existence. En dehors de Paul, elle n'avait personne. Elle n'avait plus un seul ami. Elle croisait sur le chemin de l'école d'autres parents, échangeait avec eux des banalités, mais sa réputation de femme au foyer soumise à l'autorité d'un mari trop sévère, ne laissait pas de place pour des relations plus approfondies.

D'ailleurs Robert faisait fuir tout le monde. La seule tentative de Léna pour inviter une voisine fut un échec qu'elle put lire dans le regard navré de son amie éphémère.

Il est vrai que sa nature effacée était en harmonie avec son existence de bonne à tout faire.

෨෬

Lorsque Léna proposa de se joindre aux parents volontaires pour accompagner les enfants à une sortie scolaire « si son mari l'autorisait », *il y eut quelques sourires et regards ironiques des autres parents.*

- Je vous remercie, avait glissé le directeur de l'école, nos grandes sections maternelles ont besoin de la participation des parents pour nous permettre de réaliser nos projets de sorties.

La classe du cours préparatoire se joindrait à eux, et le maître qui observait Léna avait remarqué que les enfants glissaient volontiers leurs menottes dans la main de la jeune femme, ou aimaient se cacher dans ses jambes sans aucune appréhension. Elle jouait avec eux plus qu'elle ne cherchait la compagnie des autres parents. Elle savait trouver les mots pour les faire rire, sans excès, naturellement. Les enfants se montraient attentifs et intéressés.

Tom était un jeune instituteur d'une trentaine d'années, qui vouait une réelle passion pour son métier. Il avait la réputation d'être un excellent pédagogue. Les « mamans » le dévoraient des yeux, et il se méfiait de leurs petits jeux. C'était à celle qui aurait le motif le plus approprié pour l'aborder... Il les soupçonnait de se « parer » tous les jours pour l'éblouir à la sortie des classes. Mais le jeune professeur d'école avait remarqué celle qui se détachait visiblement des autres. Il avait reconnu ce corps plein d'énergie sous des vêtements qui ne mettaient pas en valeur le charme secret de la maman de Paul.

Tom fut agréablement surpris, au cours de cette réunion, lorsque Léna se proposa parmi les parents volontaires pour accompagner les enfants. Son cœur avait bondi dans sa poitrine comme un jeune adolescent devant le sourire d'une fille, et cela l'avait amusé. Il avait alors discrètement demandé au directeur de remercier particulièrement cette maman, dont il sentait une réelle complicité avec les élèves.

Il était impatient de mieux la connaître, de l'approcher enfin.

ഇ)ൽ

Léna ne pouvait pas contenir sa joie de passer une journée entière avec son petit homme et ses camarades. Tous les deux avaient préparé le pique-nique en gazouillant. Mais à l'approche de Robert, Paul avait cessé de parler.

Léna avait déjà remarqué l'attitude méfiante de son enfant vis-à-vis de son père. Elle se sentait un peu responsable de leur relation, mais ne savait pas comment empêcher ce changement de comportement. Elle ne savait pas si Robert s'en rendait compte. Léna l'avait maintes fois sollicité pour qu'il participe davantage à l'éducation de leur enfant. Mais il ne souhaitait qu'une chose : en faire un homme, sur le modèle « petit soldat ». Bien sûr que Paul serait capable de « sauver la planète », mais pas de cette façon, et surtout pas pour les raisons que son père imaginait. Comment l'expliquer à Robert ? Celui-ci restait convaincu que les objectifs de l'éducation des enfants étaient semblables à ceux qu'il avait reçu. Point final !

Paul aimait son père, il le respectait, mais il voulait protéger sa mère qu'il adorait. Il aimait par-dessus tout, son odeur, sa voix, sa douceur. Léna ne portait pas de parfum, elle sentait bon, naturellement. Son père sentait fort la transpiration même lorsqu'il sortait de la salle de bain. Le corps de Robert était chargé de toxines.

∞∞∞

Tout au long du trajet l'enfant sautillait plus qu'il ne marchait. Main dans la main, Paul et Léna franchirent les marches du bus stationné devant l'école. Sa gaieté partagée intimement avec sa mère était palpable. Tom les accueillit avec un large sourire :

- On se demande qui soutient qui ? Est-ce Paul qui aide sa maman à monter les marches ou l'inverse ?

- je crois que nous nous soutenons l'un l'autre, répondit Léna avec timidité, peu habituée à entendre des remarques aimables.

- Paul, tu peux te mettre à la place de ton choix, tu n'es pas obligé de rester avec ta maman.

- Je sais, répondit le petit ange, avec une assurance qui amusa les deux adultes. Et, sans lâcher la main maternelle, il choisit une place en guidant Léna à ses côtés.

La lumière et la fraîcheur libéraient Léna de ce poids qui l'accablait depuis sept longues années. Mais une journée ne suffirait pas à combler tant d'abstinence au bonheur.

Pendant la visite du parc, elle fut surprise de l'attention que lui portait l'instituteur du cours préparatoire. Elle le remarqua par ces instants furtifs où il se rapprochait d'elle, le temps que ses élèves le lui permettaient, pour aborder des sujets aussi passionnants les uns que les autres. Elle ne luttait pas contre la proximité de son bras nu près du sien. Elle ressentait inexplicablement un halo de bien-être dès qu'il l'approchait.

L'endroit, la clémence de la température, tout était prodigieux, harmonieux.

Après un déjeuner sur l'herbe, Tom organisa un jeu de ballon.

Elena LUCET

Pour la première fois, la mère de Paul observait discrètement cet homme qui jouait comme un enfant, menait ses petites équipes avec intelligence, et recevait en retour les cris des gamins ivres de joie.

La journée se terminait, il fallait rentrer. Tom ne se rassasiait pas de cette silhouette élancée et féline, de croiser ce regard doux et franc. Léna se sentait parfaitement à l'aise, cette journée de plein air avait fait ressurgir toute sa beauté intérieure. Tom était plus troublé qu'il ne l'avait imaginé.

Le retour fut court, malgré un embouteillage à l'entrée de la métropole. Paul s'était endormi dans les bras de sa mère, et Tom, en balayant du regard ses petites têtes blondes pour s'assurer que tout était en ordre, ne pouvait s'empêcher de s'attarder sur cette icône. Léna le surprit, et leurs regards s'attardèrent suffisamment pour échanger des messages qui ne laissaient percer aucun doute sur ce qu'ils ressentaient à cet instant.

Avant de se séparer, Tom demanda à Paul en caressant sa chevelure :

- Voudrais-tu faire partie d'une équipe de rugby ? Tu te débrouilles très bien. Puis levant les yeux vers Léna, je crois que nous avons là de la véritable « graine de champion ».

L'enfant ne répondait pas, épuisé, il ne pensait qu'à retrouver sa chambre et son lit. Il entendit la voix douce de sa mère répondre à sa place.

- Nous ferons un essai mercredi si vous voulez. Au revoir et merci pour cette belle journée.

☙❦❧

Lorsque Léna arriva sur le palier de son appartement, Paul endormi dans ses bras, la

Elena LUCET

porte s'ouvrit brutalement et Robert apparut dans l'encadrement avec un regard féroce.

- Non mais tu as vu l'heure ? Et ton gamin, tu crois que c'est bon pour lui de traîner dans les rues par une heure pareille ? Mais regardes moi ça, tu es inconsciente ou quoi ?

Il arracha Paul des bras de sa mère et le porta dans sa chambre, laissant Léna pantoise, le cœur dans les talons. Quel choc, quel contraste ! Et dire qu'il s'agissait du retour à la réalité de son quotidien. Au lieu de raconter cette merveilleuse journée, de partager avec son mari les moments forts que Paul avait vécu... Que sa saine fatigue ne faisait que réparer tout le bienfait des efforts fournis... Elle devait justifier un retard sur l'horaire prévu initialement, passer pour une fautive, une débauchée. La jalousie de Robert était à son comble, encore une fois Léna supportait sa colère.

Son mari n'acceptait pas que sa femme et son fils soient heureux. Il avait donné son accord pour cette sortie parce qu'il pensait qu'ils seraient de retour avant lui. Mais là c'était inacceptable. Le ton, ce soir-là monta plus qu'à l'ordinaire, Léna se contentait de savoir Paul profondément endormi. Elle ne répondait pas. Ni lorsqu'il l'injuria, la qualifiant de « traînée, d'irresponsable, de mère indigne... » Robert n'usait pas de sa force physique, il se contentait d'un harcèlement verbal et moral que Léna n'entendait plus, mais qu'elle emmagasinait inconsciemment jour après jour. Elle crut qu'il avait bu, mais il s'enivrait seulement de son orgueil, et de son narcissisme démesuré.

Léna repensait à sa rencontre avec Robert. Les rares apparitions en public où il affichait une évidente fierté de se produire près d'une si belle jeune femme. Dans son besoin excessif d'être admiré, Léna n'était qu'un objet. Et au bout de quelques années, elle n'eut plus aucun intérêt pour Robert, elle ne lui apportait pas suffisamment d'éclat. Dans son attitude arrogante et hautaine, il cultivait un certain idéal de l'amour, uniquement centré sur sa petite personne.

Léna supportait mieux la situation en pensant que c'était lui qui souffrait le plus. Robert croyait sa femme faible et fragile, il l'accablait en pensant qu'il la dominait, et que c'était « dans l'ordre des choses ». En réalité, Léna était dotée d'une extrême persévérance, et son attitude effacée, absente même, n'était que le reflet d'un grand calme qui se nourrissait des colères de son mari. Elle remerciait son ennemi intime, comme elle avait remercié sa mère et sa sœur qui lui avaient permis de renforcer son courage.

Elle savait que pour calmer ce sauvage, éviter de réveiller Paul il fallait se taire, le laisser faire, accepter ses assauts sexuels sans mot dire, elle ne possédait alors aucune autre arme contre son ennemi intime.

Mais cette fois-ci elle se sentit plus forte que d'habitude, elle revoyait en boucle son enfant jouer au ballon avec le bel instituteur.

ဆာဘ

Les jours suivants étaient rythmés comme une symphonie. Léna était comblée. Elle accompagnait Paul à sa séance hebdomadaire de rugby.

Ce plaisir tout neuf était partagé avec quelqu'un qui posait enfin un regard bienveillant sur elle, et avec Paul qui profitait de son enthousiasme.

Léna proposa à son époux d'inscrire leur fils à un stage sportif, pendant les vacances de printemps, celui-ci refusa net, prétextant que son fils n'avait pas besoin de garderie puisque sa mère ne travaillait pas, et qu'il était « hors de question que son fils fréquente les petits voyous du quartier ». Quelle pitié ! Léna s'était laissée surprendre une fois encore par l'esprit étriqué de Robert.

Bien entendu il était vain de tenter quoique ce soit qui puisse le faire revenir sur sa vision des choses. Elle savait pertinemment qu'il était inutile de tenter de convaincre son mari des vertus du sport d'équipe, de cette école de vie, des échanges avec d'autres enfants qui pourraient renforcer le respect et les codes du « vivre ensemble » de leur enfant...

Sa vigilance fléchissait aussitôt que la flamme de l'enthousiasme se ravivait en elle. Tom ne quittait plus ses pensées bien qu'ils ne se *soient plus rapprochés, ni parlé depuis cette fabuleuse sortie. Elle se sentait plus légère et si cela l'aidait à mieux supporter la médiocrité de son quotidien, elle en mesurait aussi toute la fragilité.*

Paul arriva à son secours :

- Maman restera avec moi, le maître a dit qu'il fallait des parents pour aider.

Une fois encore ce petit bonhomme venait de surprendre sa mère, son intelligence lui réchauffait le cœur. Il était tellement différent de son père, aucun trait de caractère semblable. Léna se demandait si un seul gène de sa belle-famille avait été transmis à cet enfant.

Robert bougonna « si tu préfères perdre ton temps au stade pendant que je bosse…et puis ce maître qui est déjà payé pour faire son boulot, s'il a besoin d'aide, c'est qu'il doit être bien nul… »

ഇന്ദ്ര

Léna ne pensait qu'à son enfant. L'idée de savoir Paul une semaine entière au grand air, le voir jouer, l'encourager, et passer du temps avec ses petits camarades, la réjouissait.

La semaine de stage se déroula comme dans un rêve. Le soir en fermant les yeux, Léna voyait son petit bout de chou, dans sa tenue de champion, parcourir la plaine engazonnée.

Les échanges de regards avec Tom restaient discrets mais suffisants pour que Léna se sente bien. La nuit elle imaginait en toute liberté ce que pouvait être la vie avec cet homme qui respirait la joie de vivre. Elle avait ce pincement au cœur de satisfaction en pensant simplement qu'elle pouvait supporter la médiocrité de son mari avec cet amour aussi inaccessible que platonique.

&)C&

La fin de l'année scolaire glissa comme une savonnette entre les doigts. Paul avait finalement rejoint le club. Entourée de ses petits camarades et des autres parents, sa mère préparait le dernier goûter de l'année.

L'association avait organisé un mini-tournoi pour fêter une année sportive très réussie, notamment grâce au succès de l'école de rugby. Tout le monde participait de son mieux et la famille de Paul était venue au grand complet admirer les exploits du champion prodigue.

Robert se vantait à qui voulait l'entendre de sa merveilleuse idée d'avoir inscrit son fils au meilleur club de toute la région. Il portait son fils sur ses épaules à l'issue des matchs et voulu rencontrer l'entraîneur pour parfaire son rôle de père exemplaire.

La petite famille se retrouva en face de Tom qui sut lire d'un regard ce que Léna endurait. Robert était rempli de suffisance et ne se privait pas d'écraser son entourage. Son orgueil n'aurait pas supporté la présence de sa femme devant lui, aussi se tenait-elle patiemment retranchée en acquiescent discrètement à chacune de ses demandes d'approbation.

Elle entendait seulement les battements de son cœur qui avait pris la cadence d'un cheval au galop en s'approchant de Tom.

En quelques minutes Robert avait semé le malaise comme à son habitude, lui seul semblait satisfait. Et Léna avait terriblement honte, il venait de la violer à nouveau, de piétiner son jardin secret.

Tom avait compris. Leurs regards se croisèrent à nouveau et il reteint la jeune femme sans que personne ne s'en aperçoive en lui murmurant :

- Léna, il faut que je vous parle.

Il l'avait appelée par son prénom en saisissant furtivement son bras, et la guidant vers une distribution d'orangeades. Elle comprit alors que cette spontanéité, cet élan naturel, cette soudaine familiarité ne pouvaient venir que de la place qu'elle occupait dans ses pensées.

- Je ne serai plus dans cette école l'année prochaine.

Léna sentit son cœur pris dans un étau, jamais depuis leur première rencontre il ne s'était adressé à elle comme il le faisait. Il parlait vite, comme s'il maîtrisait à la seconde près le temps qui leur était accordé.

- Je vais enseigner à la fac. J'attends depuis longtemps que ce vœu se réalise. Je pars la semaine prochaine.

Léna se sentait incapable de prononcer une syllabe, pourtant son esprit voyageait à toute vitesse. Oui, c'était bien lui, ce groupe d'étudiants qu'elle avait croisé, il y avait bien longtemps, lors de ce stage d'animatrice, elle en était sûre, il en faisait partie.

Elle restait médusée, inquiète que Robert qui ne s'était pas encore retourné ne surprenne leur complicité. Mais Tom parlait avec un visage détaché, ne croisant son regard que brièvement. Tous les deux continuaient à servir les enfants le plus naturellement du monde, en espérant que cet instant puisse durer le plus longtemps possible.

- Il faut que vous me promettiez de reprendre vos études. Des cours du soir, par correspondance, n'importe quoi qui vous permette de réaliser votre rêve de devenir enseignante, de gagner votre indépendance.

Léna sentait sa gorge se serrer, elle résistait aux larmes qui lui montaient aux yeux. Elle ne pouvait qu'écouter, si elle prononçait le moindre mot, elle savait que ses prunelles violettes seraient inondées.

Comment cet homme, cet inconnu, qui la hantait nuit et jours, depuis des mois, avait-il pu faire une lecture aussi parfaite de sa situation alors qu'ils n'avaient jamais échangé le moindre mot à son sujet ?

- Maman, tu viens ?

Paul était revenu vers elle dès que son père l'avait posé à terre. Il lui avait pris la main comme pour ramener sa mère à la réalité, à l'instant présent. Il l'entraînait, il fallait partir, ne pas inquiéter son père. En se penchant vers Tom, elle eut à peine le temps de souffler :

- C'est promis !

೫ഗ

C'était comme un nouvel échafaudage qui s'écroulait. Tom ne faisait pas partie de sa vie, il ne faisait que combler sa solitude et son ennui, alimentait son imagination, l'aidait dans ses évasions vitales. Il avait permis à Léna de reprendre contact avec le reste du monde. Il lui offrait ce petit supplément de force qui l'aidait à profiter pleinement des joies partagées avec son enfant. Tom lui donnait sans le savoir, un peu de dignité, de confiance en elle, et un soupçon d'enthousiasme dans sa vie monotone.

Et voilà qu'il l'abandonnait, laissant Paul seul responsable de son bonheur.

Elle n'avait même pas pensé aux vacances d'été qui les sépareraient, elle imaginait qu'elle le croiserait chez l'épicier ou le boulanger, et cela aurait suffi jusqu'à la prochaine rentrée scolaire.

Elle s'attendait à passer une année prodigieuse puisque Paul entrait au cours préparatoire. Elle aurait vu Tom tous les jours, même le mercredi et le dimanche, ils se seraient rencontrés au stade. Elle ne pensait à rien d'autre.

Les jours qui suivirent furent plus pesants que d'habitude. Elle était ailleurs, même Paul s'aperçut que sa mère était moins attentive.

Et puis, un après midi, au détour d'une ruelle très fréquentée, elle se retrouva nez à nez avec Tom.

ഇ൭ര

Il ne s'était écoulé que quelques jours depuis la fête au stade, et Léna venait à peine d'échapper de quelques pas à la promenade familiale dans les rues piétonnes. Elle flânait en regardant les vitrines.

- Je pars demain.

Tom n'avait pas pris le temps de l'aborder avec les convenances habituelles. Il était sûr de lui, sûr de cette femme qui l'attirait comme personne, et il avait terriblement envie de la prendre dans ses bras.

Il la guida précipitamment en poussant une porte cochère.

Et dans cette cour intérieure, la terre avait cessé de tourner. Tout était étrangement immobile, les bruits étouffés de la ruelle semblaient les protéger. Ils savaient qu'aucun moment de leur vie ne ressemblerait à celui-ci. Ils retenaient le plus possible le moment de se toucher pour prolonger le désir qui les enivrait.

Ils étaient si proches que leurs âmes durent se mêler en premier, puis leurs parfums s'élevèrent pour les envoûter davantage. Ils se dévoraient des yeux, leurs corps se frôlaient. Et puis, alors qu'ils étaient au bord de chavirer ils se fondirent l'un à l'autre. Ils s'enlacèrent et Léna reçut le premier véritable baiser de sa vie.

Il avait un goût de framboise et de ciel bleu.

Elle fut tellement étourdie qu'il dut la serrer plus fort pour qu'elle reste debout. Maintenant ils riaient et prenaient leurs visages à pleines mains. Léna sentait cette peau si douce lui caresser la nuque, et Tom respirait à pleines narines l'odeur de ses cheveux.

Ils savaient que le temps leur était compté. Tom enleva Léna jusqu'à la lourde porte de bois. Il imita un personnage de bande dessinée en guettant dans la rue afin de s'assurer que la voie soit libre. Et au moment où elle s'engageait il la reprit contre lui, la serra de toutes ses forces et l'embrassa très tendrement.

- Je suis heureux, merci.

Léna répondit par quelques notes d'un rire léger qu'elle ne se connaissait pas, et s'échappa dans la rue piétonne.

Comment rire aux éclats sans que cela se voie ? Elle avait si bien pressé le pas, qu'elle avait réussi à rejoindre Paul et son père encadrés par les beaux-parents. Ils avaient décidé ce matin-là de façon inattendue, de déambuler dans la vieille ville.

Pour masquer son envie d'hurler sa joie, elle prit Paul dans ses bras, et les menottes de son petit garçon contre sa joue. Sa tête abandonnée sur son épaule prolongeait la fraîche douceur de Tom.

- Tu sens bon, maman.

Paul se laissait emporter par sa mère, dans le confort de cette énergie positive qu'elle dégageait plus que d'habitude.

Léna retenait de toutes ses forces dans sa bouche et son corps le goût incroyable de ce baiser volé.

૭ᗡᏟ૪

Tom ne sentait plus le poids de son corps. Il avait d'abord prolongé l'instant magique en regardant son elfe s'envoler.

Ses pieds effleuraient maintenant machinalement le pavé, presque sans le toucher. Il avait pris la direction inverse, vers la cathédrale. Chemin faisant, il laissait les pensées s'envoler librement.

Comment, par quel prodige s'était-il trouvé en face de cette fée ? L'avait-il souhaité si fort au point de voir son vœu se réaliser au moment où il ne pouvait même plus l'espérer ? Et comment avait-il pu faire preuve d'autant de légèreté ? Comment avait-il pu se laisser emporter par un tel élan ?

Il en ressentait encore la force, son corps était si animé, qu'il dut ralentir pour reprendre son souffle.

Ce court instant repassait sans cesse dans son esprit. Il n'avait qu'une idée en tête : « l'enlever

Elena LUCET

au reste du monde » et lui voler un autre baiser, ce merveilleux baiser qu'elle avait savouré, au travers duquel il ressentait les frissons de cet ange « tombé du ciel ».

Il n'avait jamais ressenti une telle perfection.

Mais de quel droit avait-il osé ? Lui imposer son désir aussi puissant soit-il ? Il était partagé entre le bonheur de cet instant, et la culpabilité d'abandonner Léna aussi brutalement, après une telle déclaration.

La première lecture que Tom avait faite d'elle s'était confortée par les confidences des âmes charitables, qui jacassaient à la sortie de l'école. Il savait qu'elle était cloîtrée chez elle, presque séquestrée, peut être battue. Il avait observé son attitude farouche et sa douceur, sa crainte de créer des liens avec les autres personnes. Il entendait sa réputation de « pauvre fille, un peu simple d'esprit », mais n'en croyait rien. Ce qu'il avait deviné en elle ne ressemblait pas à la description qu'il entendait.

Et maintenant qu'il avait eu la chance inespérée de la tenir dans ses bras, qu'il avait senti cette douceur et cette fermeté, goûté à sa peau fruitée, il était pris au piège : il ne pourrait jamais détacher son esprit de cet instant.

೭೦೦೪೮

Le lendemain Tom était dans le train, la tête embuée par une triste réalité : il ne la reverrait jamais. Il ne se sentait pas l'âme d'un Roméo, et n'avait jamais forcé le destin. Il avait confiance dans l'avenir, et puis il fallait laisser le choix à cette femme parfaite.

Il l'aimait depuis toujours, en rêve. Elle venait à peine de se concrétiser, de façon tellement inattendue. Elle ne lui appartiendrait jamais, lui non plus, et c'était bien ainsi. Cet Amour *tellement libre se contentait d'être et d'avoir pu s'exprimer, que pouvait-il espérer de plus ? Après tout il existe tellement de formes d'amour...*

ஐ✿ౡ

Léna allait encore vivre une dizaine d'années entre l'amour de son fils, et le secret désir de n'appartenir corps et âme qu'à celui qui lui avait offert le plus léger instant de sa vie, le plus fort aussi.

Chaque jour, chaque seconde, Tom l'accompagnait. Son cœur s'affolait à la seule pensée de son étreinte à jamais gravée en elle. Elle avait le cœur serré lors de furtives sensations de manque.

Elle luttait, il n'était pas question de souffrir un seul instant de ce qui lui apportait tant de joie. Elle refusait de laisser la tristesse s'installer en elle. Cet Amour sincère et véritable s'imposait sans séduction, sans faire valoir, il ne pouvait que l'aider à renforcer sa vie et construire une nouvelle Léna, authentique.

Elle se souvenait de la promesse qu'elle lui avait faite au stade. Léna rassemblerait toute son énergie pour réussir son projet ; elle reprendrait ses études.

Il lui faudrait faire preuve d'une stratégie invraisemblable pour quitter Robert. Elle voulait une vie professionnelle qui lui donnerait l'autonomie financière et la possibilité d'élever son fils, de l'accompagner jusqu'à sa vie d'adulte.

*« Si les situations créées par d'autres
ne te correspondent pas, il convient
d'être indifférent(e) à ce qui se passe. ».
Paroles de sagesse.*

Le goût de la vie retrouvée.

Léna avait vidé son gobelet en plastique, cherché en vain une poubelle, laissé le récipient sur la table et attendu. Le silence avait suffi à lui rendre son calme naturel.

Un gendarme à moustaches sorti tout droit des « brigades du Tigre » la reçut :

- Madame Verdier, excusez-moi de vous avoir fait attendre, je vous en prie.

Il lui indique un couloir minuscule, et au bout d'un dédale de portes, l'invite à s'asseoir dans un bureau exigu au mobilier gris, occupé par une jeune femme en uniforme qui se tient prête derrière une machine à écrire.

Le ton courtois du gendarme, et son apparent flegme britannique, parviennent à rassurer Léna.

ஐ௸

A la rentrée scolaire qui avait suivi son départ, Léna avait souhaité qu'un miracle se produise ; que Tom apparaisse dans la cour de récréation. Mais tout s'était déroulé comme prévu. Et à chaque nouvelle rentrée scolaire de Paul, sa mère ressentait un étrange malaise.

Léna poursuivait sa route le plus sereinement possible. En toile de fond Robert la harcelait quotidiennement. Elle avait habilement convaincu son mari du bien-fondé de la reprise de ses études. Cela ne coûtait rien à Robert,

Elena LUCET

elle organisait son budget pour n'avoir rien à lui demander. Elle répondait présente pour la tenue du foyer (selon les principes du XIX° siècle), et Robert se vantait auprès de qui le questionnait sur cet « affront féminin », que ce n'était qu'un investissement sur du long terme, qu'il se la coulerait douce quand « ce serait elle qui ferait bouillir la marmite ».

Léna sentait bien qu'il faisait des efforts démesurés pour supporter les escapades studieuses de son épouse. L'attitude de sa femme, aussi lisse qu'un poisson, lui glissait toujours entre les doigts et c'était aussi cela qui alimentait la mauvaise humeur de son mari. Mais elle avait choisi de l'écouter en sourdine et d'attendre patiemment le moment idéal pour annoncer son départ.

Elle fut prise de court, car la mise en œuvre de son projet fut précipitée de façon inattendue. Bien qu'elle l'espère quotidiennement, depuis plusieurs années, elle n'avait pas imaginé que les choses se dérouleraient ainsi.

ଛୠ

Les raisons qui déclenchèrent la scène resteraient assez confuses. C'était un éclat de Robert parmi tant d'autres. Ces situations étaient tellement coutumières que Léna ne comprit pas exactement le motif de sa colère. Elle vécut cette rupture comme une impulsion alors que cette décision de longue date devait être calme et réfléchie.

Paul avait quatorze ans, il revenait d'une séance de cinéma qu'il avait voulu partager avec sa mère. Son père les accueillit avec une extrême violence, il laissait exploser une fois encore sa colère et leva la main sur Léna devant son fils. C'était la première fois que l'enfant assistait en direct à cet horrible spectacle. La gifle que sa mère reçut après une réponse très détachée pour justifier leur « retard », se déroula avec une rapidité qui figea le jeune garçon. Il fit un effort mental pour stopper le bras de Robert, mais ne réussit qu'à visionner la scène au ralenti, et la graver à jamais dans sa mémoire.

Léna ne sentit rien physiquement, elle ne vit que le regard de son enfant. Elle avait répondu à son mari sans faire attention à lui, toute bercée par la magnifique après-midi qu'elle venait de partager avec Paul. Et ce détachement que Robert interpréta comme une marque de mépris avait décuplé sa colère.

Jusqu'alors l'enfant n'avait été témoin de la violence de son père, qu'au travers d'épisodes anecdotiques. Comme le soir où celui-ci avait demandé à Léna de descendre de la voiture parce qu'elle portait une eau de toilette qui l'incommodait. Sa mère était rentrée à pied. Ou *bien lorsqu'il l'avait arrachée de la piste de danse, sans se soucier de l'entourage, parce qu'elle « se montrait en spectacle ». Paul savait bien que sa mère laissait simplement éclater sa joie de vivre, il la buvait lui-même du regard, il ne lui resterait d'ailleurs de cette soirée de nouvel an que ce souvenir amer.*

Les rares distractions que Léna avait pu connaître toutes ces années étaient systématiquement sabotées par son mari. Il ne supportait pas qu'elle s'amuse, qu'elle brille plus que lui, « elle avait le chic pour tout gâcher ».

La coupe était pleine, sans détacher son regard de celui de Paul pour le soutenir dans cette épreuve, elle annonça à Robert qu'elle demandait le divorce. L'enfant l'approuva sans mot dire, il restait suspendu au visage étonnamment lisse de sa mère. Il savait qu'elle venait de fusiller son père, mais il l'aurait tué lui-même si elle n'avait rien dit.

Léna demanda calmement à son fils de la laisser avec son père, elle prévoyait la scène qui allait suivre.

Robert entra dans une rage folle, son orgueil piqué au vif n'avait jamais rien enduré de pareil. Il y avait un autre homme, ... Il en était sûr... C'était la seule explication possible... Comment pouvait-elle trahir celui qui lui avait tout donné, tout sacrifié... Et puis que diraient les voisins, sa famille ?... Elle ne partirait jamais, et surtout elle ne lui prendrait pas son fils...

Plus il s'emportait, plus elle se stabilisait dans un calme impressionnant. Elle découvrait du même coup sa capacité à exprimer une colère froide que son mari ne pouvait vaincre. En effet, les cris et la brutalité des mots de son ennemi intime renforçaient sa décision. Léna s'alimentait des insultes portées sur elle pour comprendre la situation. Oui elle était arrivée au bout du chemin, il fallait changer de route. Partir sans bagages, remettre le compteur de sa vie à zéro. Ce serait difficile, mais elle n'avait plus de choix.

La colère de Robert finit par s'essouffler, suivie d'une consternation silencieuse. Il élaborait un plan. Il voulait démontrer que Léna le trompait... Se venger de cet affront monstrueux qu'elle osait lui imposer... Comment pouvait-il en être autrement ? Jamais Robert ne s'était remis en question sur quoi que ce soit, son égo l'encourageait à ne jamais lc faire.

Léna ne savait pas encore que pour ne pas perdre la face, Robert la chasserait, qu'elle se retrouverait à la rue et devrait faire bien plus de sacrifices qu'elle ne l'avait imaginé pour atteindre son but. Elle avait patienté seize ans pour en arriver là.

Cette femme si forte à l'intérieur d'elle-même avait tout simplement omis de se protéger physiquement. Robert entendait faire pression sur son épouse avec les biens matériels du foyer, elle n'aurait strictement rien. Léna allait découvrir toute la laideur de cet homme, elle pensait connaître sa violence, sa méchanceté, elle ignorait tout de sa cruauté.

Il prit donc un avocat et engagea lui-même une procédure de divorce... « Pour faute ». Elle n'aurait rien, elle allait payer cet affront, il lui prendrait plus que sa vie...

Robert engageait un stratagème de vengeance alors que Léna voulait seulement reprendre sa liberté et toute sa jeunesse qu'il lui avait volée.

∞⌘∞

Au cours des semaines qui suivirent Léna voyait le comportement de Robert changer, il était malheureux. Elle devait résister au comportement de celui qui l'avait si longtemps manipulée. Elle ne supportait pas sa souffrance et s'obligeait à observer ses propres émotions. Léna avait enfin compris que quoiqu'elle fasse pour son mari, elle serait responsable de son mal-être car la seule personne qu'il aimait, c'était lui-même.

Elle n'oubliait pas toutes ces années, l'incapacité de son époux à l'écouter, à lui accorder la moindre attention, à lui faire la moindre place.

Il était diminué physiquement, alors que Léna s'épanouissait et que la taille de Paul prenait subitement des centimètres supplémentaires.

Robert tomba malade et chercha refuge auprès de qui voulait bien entendre sa détresse. Il déploya un vrai talent pour capter son auditoire.

Il n'hésitait pas à prendre à témoin un voisin ou sa belle-sœur pour accuser Léna, qu'elle soit présente ou non. Léna ne répondait pas, laissant les gens bien intentionnés perplexes. Elle ne pensait qu'à son évasion, habitée à la fois par la peur et l'excitation de réussir ce qu'elle attendait depuis si longtemps.

Robert alternait les injures et le mutisme. Une fois pourtant il invita Léna à la réconciliation, lui proposant même un voyage aux Baléares... La jeune femme n'était pas dupe, elle comprit qu'il suivait les conseils de son avocat qui lui, ne faisait que son travail.

La sœur aînée de Léna refit son apparition. Judith était trop heureuse de récupérer « l'affaire ». Pour rien au monde elle n'aurait manqué l'occasion de régenter une situation où sa cadette avait encore « fait des siennes ».

Elle invita Paul et ses parents pour un repas dominical. Lors de la promenade digestive qui suivit, alors que Léna restait en retrait avec son fils, Judith réconforta la victime de ce malheur. Robert se réjouissait de rallier une personne supplémentaire à sa cause, et lorsqu'ils prirent congé, Léna crut entendre un « je compte sur toi » à peine audible de Robert. Il ajouta un peu plus fort « et merci pour ta gentillesse Judith ».

Les jours qui suivirent, Léna vit Judith se réintroduire progressivement dans son cercle conjugal pour la sermonner, lui « faire la morale ». Comment expliquer que la victime de ce gâchis matrimonial était sa sœur, et non son beau-frère qui la manipulait adroitement ? C'était donc cela « la gentillesse » de Judith, qui avait trouvé une occasion inespérée d'exister, en moralisatrice, sans se soucier de la vérité, ni de ce que sa propre sœur avait pu endurer. Alors, la gorge nouée, au bout de sa troisième tentative, Léna choisit de fermer la porte à la protectrice de son mari.

Robert, toujours convaincu que sa femme le trompait, se rendit au tribunal avec un aplomb inébranlable... Léna apprit qu'il avait engagé un détective, et obtenu un rapport affligeant... Sa femme n'était qu'une débauchée, qui se droguait et se prostituait... Léna resta stupéfaite, elle ne s'attendait pas à un coup aussi bas. Ces accusations mensongères la blessaient profondément. La description de cette inconnue la désarmait, et bien que ces affirmations délirantes n'influencent pas la juge, elle resta très choquée par les nouvelles manipulations de Robert. La décision du tribunal ne suffirait pas à laver l'affront, il se préparait à faire justice lui-même.

Toutes ses économies suffirent à peine pour payer sa part de divorce. Léna avait pris un avocat qui se révéla peu efficace, mais elle finit par obtenir un divorce « à l'amiable ».

La juge avait prononcé une séparation par mutuel consentement avec garde alternée et une pension compensatoire pour Madame. Léna qui sortait d'un cloître de plusieurs années, ne comprit pas la chance que ce magistrat lui offrait. Elle était étonnée que les choses se passent si normalement, mais Robert se retourna sur elle alors qu'ils descendaient les marches du palais de justice :

- *Il est bien entendu que je ne te verserai rien, tu entends ? Et mon fils restera à la maison...tu as même intérêt à ne pas te retrouver en travers de ma route... Disparais ! Tu n'auras rien ! Si tu imagines que je vais laisser la juge se mêler de nos affaires, elle n'y comprend rien, c'est une féministe de mes deux, c'est tout...Tu t'es regardée ? Tu n'as même pas les moyens de te loger, alors tu as voulu te tirer, débrouilles toi. Tu veux faire ta maligne, on verra bien qui rira le dernier...*

Mais, alors que Léna tentait de répondre, il ajouta :

- *Tout le monde sait que tu es une bonne à rien, ce n'est pas parce que t'amuses avec des mômes de maternelle qu'il faut te croire savante. Fais ce que je te dis, et tout ira bien, sinon...*

C'était la première d'une longue série de menaces... Léna se demandait comment il pouvait obtenir tout ce qu'il désirait simplement en prononçant ces mots aussi menaçants qu'imprécis. Mais le ton violent, l'intimidation au moment où Léna était très troublée par cette vie qui changeait totalement, et surtout ses préoccupations pour Paul étaient responsables de sa cécité.

Bien qu'elle soit profondément convaincue qu'aucun être humain n'a le droit de dominer une autre personne, elle était tellement habituée à ce comportement, qu'elle ne savait pas comment réagir. La faiblesse de Léna face à cette adversité étaient aussi le fait du laxisme de ses parents et du mutisme de son entourage. Elle ne parvenait pas à se détacher d'un réflexe bien ancré qui l'empêchait de réagir à la colère de son ex-mari. Léna voulait toujours être parfaite, séduisante, plaire à l'autre, fut-il son pire ennemi. En même temps elle savait que ce comportement la poussait au suicide, mais elle comptait sur la sollicitude et l'empathie de Robert qui n'avait ni l'une ni l'autre de ces qualités.

Elle avait mis trois ans pour décrocher son concours et être nommée à un poste d'enseignante. Ses premiers mois de salaire lui avaient permis d'emprunter suffisamment d'argent pour se procurer un véhicule et commencer à vivre un peu plus pour elle-même. Mais toutes ses économies étaient passées dans les frais d'avocat et son crédit de voiture. Elle n'avait pas les moyens d'attaquer son ex-mari pour non-respect du jugement, et devait consacrer toute son énergie à organiser sa vie et retrouver son fils. Lorsque son avocat lui demanda si elle souhaitait une révision du jugement, elle crut que tout allait s'arranger. Elle fit appel à une aide juridique beaucoup moins onéreuse, mais totalement inefficace et ... se retrouva donc à la rue.

𝒮𝒞ℬ

Léna ne fut pas avertie de la date du jugement rectificatif, les courriers ne lui parvenaient pas. Robert se saisissait de toutes les occasions pour assouvir sa de la vengeance.

Elle put profiter de l'ouverture de la saison d'été pour louer un Mobil-home dans un camping près d'un lac. Elle devait faire plusieurs kilomètres tous les jours pour travailler et guetter en cachette la sortie de l'école de son fils. Elle projetait d'obtenir un logement social et insistait auprès de l'administration avec une audace qu'elle ne se connaissait pas. Sa seule motivation était de retrouver sa vie avec Paul. Elle vivait en apnée jusqu'au jour où son enfant se précipiterait à nouveau dans ses bras, et où ils repartiraient main dans la main sans appréhender les menaces de Robert.

Elle se souvenait du jour où il l'avait « convoquée » avec une liasse de papiers à signer sur le coin de la table du salon. Elle était si heureuse de cette occasion de revoir son enfant, qu'elle ne prit pas la peine de relire ce qu'elle signait. Les parents de Robert avaient si bien conseillé leur fiston que rien ne fut oublié.

Léna réalisait que non seulement elle avait vécu dans un climat de terreur pendant dix-huit ans, mais que ce sentiment de peur était ravivé à chaque intrusion de son ennemi intime.

Elle perdait tous ses droits et son maigre bien, même les meubles de sa famille étaient saisis par son huissier d'ex-mari. Ce jour-là il prit simplement les clés de l'appartement de son sac à main sans laisser la moindre place à la négociation. Robert avait repris du « poil de la bête », il était redevenu le maître, il menait le jeu... Il fallut se battre pendant plusieurs semaines pour récupérer un lit et une armoire qui moisissaient à la cave en prévision d'accueillir Paul lors des rares occasions qui lui étaient promises.

🙐🙙

Depuis le divorce, elle n'avait plus d'informations concernant le suivi scolaire de son fils, les réunions de parents d'élèves se déroulaient sans elle, et lorsqu'elle parvenait à obtenir des renseignements et se rendait au collège, Robert lui barrait la route, tout était réglé. « On » n'avait plus besoin d'elle. Elle était traitée comme un paria, coupable de parjure…

Parfois Robert l'informait qu'elle pouvait récupérer son fils à la sortie du collège, c'était souvent au dernier moment, il avait des choses importantes à faire. Il ne se préoccupait pas de savoir si Léna était disponible, et sur ce point il avait raison, elle l'était puisqu'elle ne vivait que pour ces instants-là.

Et Robert savait parfaitement que c'était son tendon d'Achille. Il savait que sa vengeance serait assouvie par la privation de l'enfant à la mère, sans se soucier de ce que Paul ressentait. Il n'en n'avait aucune conscience, persuadé qu'en quittant le foyer conjugal Léna avait abandonné son enfant.

Un jour où elle avait imploré son ex-mari pour profiter exceptionnellement de son fils toute une soirée, elle se rendit le cœur léger à la sortie du collège. Paul n'apparut pas dans le flot coloré des adolescents. Elle crut d'abord qu'il flânait dans les couloirs du collège et franchit la porte de l'établissement. Le surveillant l'interpella et la reconnut :

- Ah, bonjour Madame, vous nous apportez des nouvelles de Paul ? Sa grand-mère a appelé ce matin pour dire qu'il était malade, comment va-t-il ? Je crois que ses camarades ont déjà prévu de lui porter les cours.

Léna savait que Paul était en parfaite santé. Comment avaient-ils osé ? Mais de quoi étaient-ils encore capables ? Ne sachant pas quoi répondre, et encore sous le choc, elle marmonna quelques syllabes que le surveillant ne comprit pas et qui lui firent penser que

« c'était donc bien vrai, la mère de Paul est une demeurée ! »

Le piège se refermait à nouveau, elle était livrée en pâture. Elle ne savait pas utiliser les armes de Robert, elle était incapable de manipuler l'adversaire. Le père de son enfant était bien décidé à ne pas de lui faire le moindre cadeau et surtout pas celui de voir son fils quand elle le voudrait.

Qu'elle se retrouve à la rue parce qu'elle avait décidé de partir, et qu'elle reparte de zéro, soit. Mais que son fils sorte définitivement de sa vie il n'en n'était pas question.

Alors Léna se mit à penser qu'elle disposait d'une force redoutable : l'amour de son fils. Elle devrait compter sur son intime complicité pour vaincre ses ennemis, ce qu'elle fit.

∞

Léna entendait faire valoir son droit de visite, à défaut de garde définitive de son enfant. Elle menaça son ex belle-famille de saisir le juge, ce qui porta ses fruits.

On ne la connaissait pas si agressive, en fait personne de cette famille ne la connaissait vraiment. Elle n'avait aucune intention belliqueuse mais Paul lui manquait terriblement. Ses vœux furent exaucés d'une curieuse façon.

ဆဝ⁣ૐ

Un soir où Léna allait s'endormir, le gardien du camping frappa à la porte de son Mobil-home :

- Madame Verdier, venez vite, votre fils au téléphone...

Léna s'était précipitée jusqu'à son ancien domicile retournant dans sa tête les propos de Paul :

- *Maman ! Viens ! je suis tout seul, il m'a enfermé, j'ai peur !*

Elle parlait avec le jeune garçon au travers de la porte depuis plus d'une heure, lorsque l'ascenseur s'ouvrit sur le palier avec une blonde pulpeuse en compagnie de Robert ...

Il ne put masquer sa surprise de voir Léna assise devant sa porte, puis il se ressaisit :

- *Alors ? tu as perdu quelque chose ?*

- Je viens au secours de mon fils lorsqu'il m'appelle et qu'il est enfermé, tu préfèrerais qu'il appelle l'assistante sociale ?

Robert ne pouvait pas se mettre en colère face à sa nouvelle conquête, il ouvrit la porte et en apostrophant Paul :

- *Allez, elle a gagné ta mère, fais ton sac et va finir tes vacances chez elle puisque tu ne peux pas sortir de ses jupes.*

Paul l'entendait à peine, il s'était jeté dans les bras de sa mère et elle dut insister pour le détacher :

- *Fais vite avant qu'il ne change d'avis, prends ton sac, je t'attends ici.*

∽∾

Ce fut le plus bel été de Paul, il multipliait les jeux et les joies de la vie en plein air. L'adolescent profitait des activités nautiques, du club d'équitation à proximité ou d'animations sportives comme l'escalade, le VTT…. Il devenait plus fort, plus heureux, et se comportait avec sa mère en petit homme responsable, ce qui amusait beaucoup Léna.

Au mois de septembre le camping fut inondé, et évacué. Léna avait à peine eut le temps de remplir les formalités pour un logement d'institutrice obtenu dans l'école même où elle était nommée. Elle reprenait confiance en elle, elle avait obtenu une audience auprès du juge des affaires familiales. Paul avait mis par écrit son souhait de vivre avec sa mère, et ils avaient réussi à obtenir un nouveau jugement.

A la rentrée scolaire Paul était resté chez sa mère. Il ne passait que peu de temps chez son père qui avait trouvé une nouvelle solution pour éviter toute communication malencontreuse avec son fils ; il lui avait installé un poste de télévision et un magnétoscope dans sa chambre. Les grands-parents de Paul accusaient Léna de traîtrise et « d'embobiner » leur petit-fils. Bien entendu la mère de Paul savait qu'elle était baptisée de tous les noms d'oiseau, mais elle ne prononçait jamais quoi que ce soit devant son fils à l'encontre de Robert ou de sa famille.

Tous les choix de Léna étaient portés vers son fils, elle ne vivait que par lui, pour lui... Elle devait faire attention à tout, elle s'était endettée à vouloir meubler correctement l'appartement de fonction. Elle dormait sur le canapé, mais ne mangeait pas toujours à sa faim. Elle faillit perdre connaissance dans un magasin tant l'odeur de la nourriture l'incommodait dans son jeun forcé. Son entourage admirait sa sveltesse, elle répondait avec humour qu'il suffisait de ne plus manger. Elle n'avait plus de règles, et tenait debout par la force de sa jeunesse et de son affection pour son petit.

Elle savait que les années de vache maigre ne dureraient pas, que c'était cela « le prix de la liberté », de « sa » liberté !

Paul ne souhaitait « pas retourner chez son père », et souvent Léna devait insister pour qu'il passe un peu de temps chez lui.

Robert compris qu'il avait « lâché du lest » et que Paul et Léna s'étaient retrouvés, et vivaient des moments heureux sans lui ! Sa jalousie l'étouffait, à nouveau il proférait des menaces, et mettait un nouveau plan à exécution.

℣)(ℤ

Elle reçut une convocation de la gendarmerie pour « une affaire (la) concernant ». Robert avait dû faire jouer ses relations.

En traversant le pont elle repensait aux angoisses de Paul qui l'avait suppliée de ne plus l'obliger à voir son père :

-   Tu es si douce, j'aime être avec toi, je m'ennuie avec lui, il ne s'occupe pas de moi. Avec toi je fais du sport, nous allons au cinéma, tu me laisses recevoir des amis. Lui ne veut pas que je sorte de ma chambre, je sais bien pourquoi il m'a installé une télé et un magnétoscope, il trouve normal que je rouille sur mon lit. Je ne veux plus le voir.

Léna avait compris que d'autres choses gênaient son fils. Il avait commencé à lui parler des personnes que Robert recevait. Paul avait entendu son père affalé devant la télévision avec des « collègues de travail » et quelques bières, parler de sa mère :

- *Un bon coup !... Une vraie salope !... Que Robert se vantait d'avoir « jetée dehors ».*

Et puis il y avait ces femmes qui défilaient, et minaudaient devant ce « pauvre chou abandonné par «sa môman », incapable de s'occuper d'un adolescent si mignon... »

Léna tremblait pour lui, elle n'avait jamais peur de ce qu'il pouvait lui arriver à elle, si ce n'est de rester en vie et en bonne santé, pour Paul. Pour qu'il ne se retrouve pas seul, qu'elle puisse lui apporter toute la sécurité dont il avait encore besoin. Elle veillait sur elle-même pour protéger son fils.

« Ce qui est difficile, je le rends facile.
Ce qui est facile, je le rends difficile.
Alors tout devient possible. »
Paroles de sagesse.

La vie fait ce qu'elle veut.

Le gendarme invite Léna à s'asseoir, et s'installe lui-même derrière un bureau terni par le temps, et l'indifférence face aux drames qui se déroulent en ces lieux.

Il prend un calepin tout droit sorti d'une série d'Agatha Christie et commence à noter l'heure de la déposition. L'espace d'un instant Léna croit avoir troué l'écran d'un film policier, mais elle se ressaisit rapidement.

Elena LUCET

Elle se trouve dans un poste de gendarmerie, et quelle que soit l'accusation, il faudra qu'elle réponde.

La jeune femme ne se sert pas de sa machine à écrire. Sert-elle de témoin, s'agit-il d'une stagiaire ? Léna n'a pas le temps d'aller au-delà de son questionnement.

- Savez-vous pourquoi vous êtes ici ? Les yeux bleus la fixent avec attention.

Elle répond qu'elle suppose que cela a un rapport avec son ex-mari, mais sans plus.

Elle n'imagine pas l'énergie qu'il a déployé. Elle saisit mal les propos du gendarme :

-...Dossier... Procureur... Parquet... Dépôt de plainte pour non communication d'adresse, non présentation d'enfant... Refus de laisser le père exercer son droit de visite...

Léna écoute l'énumération des griefs sans réagir. Le ton de l'officier l'aide à contenir sa colère. Comment expliquer à cet homme, dans l'exercice de ses fonctions, ce qui est enfoui au fond d'elle-même. Elle enregistre patiemment les motifs de sa présence dans ce lieu réservé aux victimes et coupables. Elle devra faire la preuve qu'elle appartient à l'une de ces catégories, alors que les accusations portées sur elle la classent dans l'autre.

Léna puise en elle une énergie nouvelle pour faire le bilan de tout ce que son ennemi intime lui a fait subir, sans se dévoiler au-delà de la décence. Elle doit convaincre sans laisser échapper une rancœur inutile, déplacée. Difficile de maîtriser son impatience pour lever les barrières tranquillement, sans en oublier aucune !

A sa grande surprise, lorsque l'officier lui donne la parole, les mots sortent posément. Elle s'étonne de la douceur de sa voix, de la justesse de ses propos, des mots choisis, de la façon dont elle parvient à capter son auditoire.

Pour la première fois depuis le début de ce divorce, elle est écoutée. Plus d'avocat irrévérencieux ni de Robert soutenu par sa famille pour la bâillonner.

Léna sait utiliser les quarante-cinq minutes qui lui sont offertes. De respectueux temps de pauses lui permettent de remettre de l'ordre dans ses idées, de choisir le mot juste. Des acquiescements et des sourires complices l'encouragent dans cette épreuve.

Le moteur de sa force s'appelle Paul, elle ne parle que de lui ; la personne la plus chère de sa vie. Elle énumère les scènes de violences dont il a pu être témoin. Elle exprime son inquiétude pour la santé physique et morale de son enfant.

Le gendarme encourage Léna à aller plus loin, à décrire les situations avec plus de précision. Elle explique, sans porter de jugement, avec beaucoup de finesse et de doigté. Elle décrit ce « père parfait en apparence ». Son ennemi intime qui a utilisé son entourage en donnant l'illusion de son intégrité et rejeté sur son épouse les accusations que l'on connait. Elle raconte avec la plus grande impartialité la manipulation de cet homme, et sa relation avec son fils.

Pour appuyer ses propos, Léna montre les lettres de Paul adressées au juge, et les courriers en recommandé que son père lui adressait et qu'il ne lisait pas. Elle parvient sans difficulté à expliquer les réels motifs de ce père pour récupérer son enfant ; soigner son orgueil, sans se préoccuper de ce que Paul ressent.

Ce père modèle qui n'avait jamais su passer plus d'une heure avec son fils, qui le laissait seul, avec ses grands-parents, sa nouvelle femme de ménage ou ses compagnes de passage... Les propos de Léna sont ceux de Paul, il est en elle et guide ses pensées.

Le gendarme boit les paroles de cette mère aimante et oublie de noter sur son calepin. Il se ressaisit par moments pour faire la synthèse de ses propos.

Enfin il pose la question ultime :

- Alors, ce n'est pas vous qui vous opposez au droit de visite du père de votre enfant, c'est votre fils qui refuse ?

- Oui, bien entendu. Depuis trois ans, qu'il vit avec son père, il n'a pas eu une seule conversation. Ce père qui n'a jamais fait le moindre effort pour son enfant. C'est lui qui me laisse m'occuper de Paul, puisqu'il n'a jamais pris soin de comprendre son fonctionnement. Il ne connaît pas son propre fils, bien que je l'aie toujours incité à participer davantage à son éducation.

Léna n'évoque pas les moments douloureux où Paul revenait d'un week-end ou d'une soirée chez son père, la mine triste, décomposée. Des menaces téléphoniques, des angoisses et de la peur qui se glissaient lentement dans le cœur de Paul. C'est inutile.

Elle fait tout de même référence à une déposition sur main courante deux ans auparavant. Paul lui avait demandé de la faire pour lui. L'enfant craignait le comportement menaçant de son père qui avait fini par reporter sur lui la méchanceté qu'il ne pouvait plus déverser sur son ex-femme.

C'est alors que le téléphone portable de Léna retentit. Elle s'excuse, annonce que l'appel provient de son fils. Le gendarme la prie de répondre, et elle entend la voix de Paul inquiet :

- Comment ça se passe Maman ? je viens de sortir de cours, je n'arrive pas à penser à autre chose qu'à ce que tu vis en ce moment,

- Ne t'inquiète pas mon chéri, tout va bien, je te rappellerai lorsque je sortirais, dans quelques minutes... Mais non, ils ne vont pas me garder...

Sourire complice du policier et de son assistante. L'appel de Paul vient d'illustrer la belle complicité avec sa mère.

L'enquêteur à moustaches prend les coordonnées du procureur et sort de la pièce « pour téléphoner ». Léna attend dans le silence, la jeune femme devant son ordinateur semble plongée dans l'étude d'un dossier.

Le gendarme réapparait, il sourit, le procureur l'a écouté ... Il l'a convaincu de la légitimité d'une demande de garde exclusive... L'affaire est close... Il y aura un nouveau jugement... Sûrement une convocation en médiation pénale... Il faudra saisir l'huissier pour récupérer une pension alimentaire... Le juge aux affaires familiales, le TGI...

Le gendarme raccompagne Léna, et lui glisse quelques mots d'encouragement :

- Vous verrez, c'est un mauvais moment à passer. Faites-vous aider...

Léna se retrouve dans la rue, avec cette étonnante impression d'être libre, mais de l'avoir échappé belle.

Elle appelle Paul, il est en ligne, elle lui laisse un message pour le rassurer. Dans quelques heures ils seront à nouveau ensemble.

෴

Léna peut enfin respirer, faire entrer dans ses narines l'air frais de cet automne chatoyant. Elle sent enfin chaque cellule de son corps se régénérer, alors que l'épreuve qu'elle vient d'endurer la laisse comme vidée d'elle-même. Elle devra faire très attention à elle, à sa fragilité, sa vulnérable. Il ne faudra plus se laisser encercler par l'enfer des autres. Ce qu'elle vient de vivre est un avertissement supplémentaire sur ce qui l'attend.

ഗ⁊

Comme convenu elle reçoit à nouveau une convocation, signée de l'avocat de Robert avec une liste de médiateurs qu'elle est « invitée à consulter » afin de se rendre auprès de l'un d'eux. Léna commence à se lasser de cette comédie, mais elle s'exécute.

Elle se rend chez une médiatrice avec Paul après avoir fixé un rendez-vous. Le jeune garçon ne comprend pas la démarche mais il suit sa mère pour la soulager de ses ennuis qui ne font que s'accumuler depuis le soir de cette fameuse gifle. En même temps il sait qu'elle a raison, et que les efforts que sa mère lui demande lui serviront pour avancer vers cette quiétude tant attendue.

∞⊙⊗

Arrivés au cabinet aux boiseries reluisantes et au plancher craquant, ils sont invités à patienter. Léna se laisse souvent surprendre dans ces intérieurs cossus masqués par des façades insignifiantes. Elle sait que dans ces quartiers, une fois franchie la porte cochère ou la cour intérieure, on peut se retrouver dans des appartements très luxueux. Cette beauté intérieure de leurs lieux de vie traduit bien l'état d'esprit des habitants. Aucune façade superficielle, toujours le temps nécessaire à la réflexion...

Après une demi-heure d'attente, la porte du bureau de la médiatrice s'ouvre enfin. Elle s'entretient avec la secrétaire tout en se dirigeant vers la jeune femme et son enfant qui s'étaient levés.

- Désolée leur dit-elle avec un accent slave très prononcé, je crois qu'il y a une erreur, votre ex-mari n'a pas reçu la convocation, et je suis attendue de toute urgence au ministère... Puis elle s'adresse de nouveau à sa secrétaire,

- Voyez si vous pouvez proposer un autre rendez-vous et vérifiez l'heure de mon vol pour Paris...

Léna comprend que cette médiatrice a d'autres priorité, qu'elle ne s'est pas penchée sur le dossier. Mais surtout que Robert se moque d'elle une fois encore.

Cette furtive apparition en dit long, Paul et sa mère se retrouvent seuls dans la salle d'attente. Et par lassitude plus que par rébellion ils se dirigent discrètement vers la porte de sortie.

𝕾𝕺𝕮𝕾

La réaction de Robert ne se fit pas attendre. Son attitude brutale et irrespectueuse est d'autant plus difficile à supporter, que Léna a commencé à se constituer un nouvel environnement qui fonctionne « normalement ».

Au comble d'un quiproquo inexplicable, elle reçoit un nouvel avertissement pour ne pas s'être présentée à la médiation. Cette fois-ci la médiatrice est commise d'office. S'expliquer, se justifier, encore et encore, jusqu'à quand durera cette comédie ? Qui pourra enfin voir la vérité, cesser de l'accabler ?

Léna est tellement vidée qu'elle n'arrive pas à voir clair. Ses idées sont confuses, elle ne sait plus comment agir.

Avec beaucoup de courage elle entre dans le bureau pour cette nouvelle confrontation. Robert, flanqué d'un avocat ne prend même pas la peine de la saluer, ni de se lever. Depuis combien de temps sont-ils là ? Et pourquoi la présence de cet avocat ?

La juriste lui propose un siège et une poignée de main chaleureuse.

La séance est pénible et houleuse. Léna se sent reconnaissante auprès de la médiatrice lorsqu'elle intervient auprès de l'avocat qui se montre trop arrogant. Les mots qu'il prononce sur elle sont d'une telle cruauté qu'elle les ressent comme des mains d'assassin autour de sa gorge.

Léna sort de cette entrevue complètement anéantie. Elle ne sera pas poursuivie en justice, mais elle vient de recevoir un procès digne des plus grands criminels.

Robert ne sera pas inquiété de toutes les manigances qu'il a déployées pour la torturer, la menacer, la jeter à la rue... Elle vivra avec Paul et son père pourra le voir autant qu'il le souhaite, mais la pension qui fut convenue au premier jugement ne lui sera jamais versée.

Par lassitude, Léna a fini par céder, elle sait que ces concessions vont lui permettre de se débarrasser de son ennemi intime pour le reste de sa vie.

Son bonheur l'attend chez elle. A son retour Paul lui saute au cou, la cajole de son mieux :

- Ma petite maman, tu es la meilleure, la plus forte du monde, je suis fier d'être ton fils, nous avons gagné la médaille d'or !

ଛୁଠ

Le poids de toutes ces années s'estompe peu à peu. Léna adore son métier. Elle dépense une énergie peu commune pour transmettre à ses élèves le goût d'apprendre, de découvrir, de s'enrichir par la connaissance. Elle est particulièrement habile pour aiguiser la curiosité des enfants, pour encourager les plus timides et accompagner les plus démotivés. Ses élèves lui rendent les efforts qu'elle déploie pour eux. Ils se nourrissent mutuellement, Léna ne ressent ainsi jamais de fatigue physique ou morale. Elle est presque toujours au plus haut niveau de sa forme.

Elle se fit remarquer par l'inspecteur et reçut une proposition pour participer à la formation des professeurs des écoles. Ce qu'elle envisageait secrètement.

Elle regrette seulement de perdre ce contact avec les enfants, mais reste convaincue d'avoir fait le bon choix. D'une part elle pourra mieux échanger avec d'autres enseignants, et ce travail se répercutera inéluctablement sur les élèves. D'autre part sa progression professionnelle lui permettra de mettre un peu de beurre dans les épinards. Elle peut envisager un voyage avec Paul pour les vacances. Elle pense à la Sicile, peut-être l'été prochain, avant la dernière année de lycée de son futur bachelier.

ഇ൦ദ

Léna a reçu une invitation à participer à un colloque sur l'éducation.

Lorsqu'un ancien professeur l'accueille sur les marches de l'édifice où se déroule le congrès, elle ne cache pas sa surprise.

- Vous enseignez ici professeur ?

- Il y a bien longtemps que je ne fréquente plus les estrades des amphis, je viens pour le plaisir ma chère. Avez-vous croisé Tom ?

Léna a du mal à masquer sa stupéfaction.

Certes Tom envahit son esprit plus intensément depuis qu'elle a posé le pied sur le quai de la gare, mais entendre son nom lui fait l'effet d'un électrochoc.

- Je ne l'ai pas revu depuis longtemps, cela doit faire douze ou treize ans.

- Et bien vous allez vous rencontrer aujourd'hui, je crois qu'il a été désigné au pied levé pour animer votre atelier, lui répond le vieil homme avec malice. A très bientôt ma chère, je serai dans l'assistance, bonne journée !

Le sang de Léna s'est subitement réfugié dans ses talons. En quelques secondes elle reprend ses esprits. Tout d'abord, elle crut perdre l'équilibre, puis se raccrocha de toutes ses forces à la réalité, il fallait trouver la salle, une hôtesse, le badge, l'amphi.

Machinalement les automatismes lui viennent en aide. Le technicien lui propose quelques mises au point pour sa vidéo-projection, et elle se retrouve au pupitre devant une salle remplie d'étudiants et de confrères. Sa présentation est rodée, elle illustre ses propos avec des talents d'oratrice indiscutables et la régie projette sur l'écran les diapositives qu'elle a minutieusement préparées.

Elle ne vit pas Tom tout de suite, c'est au son de sa voix qu'elle se rendit compte de sa présence.

Après son exposé il orienta habillement le débat et anima les questions-réponses avec beaucoup de finesse. Elle fut brillante, et même applaudie par l'assemblée qui avait succombé à son charme et sortit satisfaite des propos entendus.

Dans le hall elle suit maintenant le flux des auditeurs et se retrouve à proximité de Tom.

Elle retarde le plus possible la rencontre de leurs regards, et elle sent ceux de Tom, furtifs et discrets, se poser sur elle comme des papillons.

Le hall se vide, les congressistes retournent à d'autres ateliers. Ils se retrouvent presque seuls.

- Pourrais-tu m'accorder ta soirée ? Je t'invite à dîner.

Elle le regarde enfin, son visage n'a pas changé, il est toujours aussi clair. Elle reste troublée par ce qu'il dégage. Son charme, sa légère sensualité et cette assurance le rendent extrêmement attirant. Elle n'est pas prête à endurer autant d'émotion.

- Je ne voudrais pas te déranger, mais je dois reconnaître que cela ne me déplairait pas de passer la soirée en ta compagnie...

Elle se sent tout à fait ridicule d'avoir prononcé de telles banalités. Depuis quelques heures elle maîtrise la situation, mais là, ses idées s'embrouillent, elle ne voit plus très clair, elle se sent en état d'ébriété sans avoir ingurgité une seule goutte d'alcool.

Tom la dégrise aussitôt.

- Juste le temps de prévenir ma mère de mettre un couvert supplémentaire... Oui, depuis sa maladie je vis avec elle... Tu récupères ton manteau, et je t'accompagne à la maison. Comment va Paul ?

- Comme tous les lycéens, il bachote !

❧☙

C'est dans un état second que Léna se laissa guider toute la soirée. La mère de Tom bien que fortement handicapée par la maladie est charmante et pleine d'esprit, sa maison respire la joie de vivre. Tom interroge Léna pour tout savoir dans les moindres détails du parcours de ce papillon qu'il a laissé au bord du chemin, à peine sorti de sa chrysalide. Il revoit Léna, la toute première fois, et celle où il l'a tenue dans ses bras.

Il ne cesse de parler. Il voudrait lui dire au travers de ses mots, de son regard, sa fierté et son bonheur de l'entendre raconter ce chemin parcouru. Elle était toujours dans son cœur. Il a toujours espéré, sans se l'avouer, que leurs chemins se croiseraient encore.

Léna comprend ce merveilleux cadeau de Tom. Dans son intimité il lui montre qu'elle a toute sa place. Il lui compte avec une pudeur mesurée tout ce qu'il a vécu depuis son départ. Elle ressent aussi cette admiration non dissimulée de Tom à son égard.

Elle comprend que Tom se consacre à sa mère et qu'ils partagent ce temps si précieux.

Elle comprend aussi que pour lui la liberté représente une valeur essentielle, et jamais il ne prendra à Léna ce qu'elle a si chèrement conquis. Le jeu de la séduction est parfaitement inutile. Il n'y a pas de petit jeu, ils sont eux-mêmes, d'un naturel presque surnaturel.

La soirée s'achève aussi délicieusement qu'elle a débuté. Pour parfaire cet instant Léna décide de prendre congé peu de temps après que la mère de Tom se soit retirée.

❧❦

Elle regagne sa chambre d'hôtel en taxi, malgré l'insistance de Tom qui souhaite l'accompagner.

Léna a l'impression qu'il a pris possession de chacune de ses pensées. Elle rêve de lui et se réveille persuadée qu'il en a fait autant.

Le nom de Tom apparait sur son téléphone mobile. Ils ont échangé leurs numéros, elle n'a pas rêvé, ils se sont retrouvés.

- A quelle heure est ton train ?

- Dix heures quinze, je crois.

- Je t'accompagne si tu veux.

Cette proposition amuse Léna ; elle se trouve à proximité de la gare.

- Oui, je suis à l'hôtel juste en face, tu peux me rejoindre, nous prendrons un café.

Ne pas penser, se laisser guider, être bien tout simplement, remettre les choses en place, mais pas dans l'ordre des choses, pas dans la normalité. Léna aime un homme pour la première fois, ses sentiments sont aussi forts qu'au premier jour, elle revoit l'instituteur, le stade, les enfants autour d'eux... Etre dans l'instant présent, et savourer ce bonheur comme un cadeau permanent.

Rien de ce qu'elle vit n'a son pareil en ce monde, elle sait qu'il est inutile de se raccrocher à quoi que ce soit d'existant. Leur amour n'est que pure création, et n'appartient qu'à eux. Ils le partagent en montrant leur bonheur sans que personne ne sache quelle en est la source. Leur vie ne doit pas changer. Ils ne doivent pas se laisser entraîner par des modes de vie conventionnels qui risquent de dénaturer leur amour.

Elle règle sa note et s'installe au café quelques secondes avant l'arrivée de Tom.

- Je n'ai pas dormi de la nuit, lui confie-t-il en se faufilant sur la banquette près d'elle.

Le sourire de Léna et ce geste pour remettre de l'ordre dans ses cheveux lui portent l'estocade.

Comme autrefois, il lui parle avec urgence et précision.

- La première fois que je t'ai vue, tu m'as fait penser à une œuvre d'art, couverte de poussière. Tom lui sourit, lui prend la main.

- Et j'ai eu la prétention de me prendre pour l'artiste qui la restaurerait. Mais tu n'as besoin de personne, tu es une œuvre d'art magnifique Léna, tu m'éblouis.

Il est d'un calme absolu, et d'une telle sincérité que Léna n'a aucune difficulté à se détacher de tout ce qui les entoure. Elle ne voit que lui, cet instant se confine dans son espace à elle. Unique et incomparable instant où le temps reste suspendu pour se recomposer à l'infini au gré des souvenirs. Chaque fois qu'elle le souhaitera elle le retrouvera avec qui qu'elle soit, où qu'elle soit…

Ils ne se demandent pas quand ils se reverront. Ils n'ont pas besoin de promesses, ni de projets, leur vie suffit pour garantir l'éternité de leur amour. Léna a tant de choses à dire. Les mots se bousculent dans sa tête, pourtant elle s'entend comme dédoublée. Elle est une autre avec Tom, elle devient elle-même. Et en même temps, elle découvre cette nouvelle femme.

- J'ai perdu ma solitude depuis la première journée que nous avons partagé. Et depuis ce merveilleux baiser que nous avons échangé comme un serment, tu m'accompagnais. Je ne le voyais pas, je l'ai compris hier. Comment aurais-je pu supporter tout ce que j'ai vécu jusqu'à aujourd'hui, arriver où j'en suis. Je le sais maintenant, j'ai pensé à toi chaque seconde, je n'avais aucun effort à faire, tu es toujours dans ma tête, dans mon cœur. Ton merveilleux visage apparaissait pour me soutenir dans les moments difficiles. Sans toi je n'aurais même pas pensé, jamais osé…

Léna plonge son regard dans celui de Tom, elle voit un puit sans fond, une galaxie. Et ce trouble, ce vertige déjà ressenti, elle doit le maîtriser à nouveau.

Ils savourent ce long moment où les silences décuplent chaque mot. Ils se grisent des secondes et minutes partagées. Les prunelles violettes de Léna caressent le sourire léger de Tom, elle sent ses lèvres douces comme de la soie sans les toucher. Leurs gestes d'une douceur infinie se fondent dans la banalité du décor qui les entoure. Ils s'effleurent plus qu'ils ne se touchent de peur d'aller trop vite, de brûler des étapes. Ils veulent apprécier chaque instant.

Léna entend les mots de Stendhal :

« La vraie vie n'est pas celle que l'on voit, ... cachée derrière la nôtre...un monde vivant, ... couvert par la peau du monde qui l'éclaire par transparence ».

Ainsi serait leur vie, bien réelle, inaccessible aux yeux du monde, et ils la protégeraient.

Tom tient la main de Léna, il l'accompagne sur le quai, ils ne se font aucune promesse. Il l'embrasse avec une infinie tendresse.

L'instant d'après Léna regarde défiler le paysage qui la rapproche de son autre amour, son fils Paul.

ଽଠଅଓ

Paul prépare son baccalauréat. Léna était bien plus émue que lui la première fois qu'ils ont franchi ensemble la grille du lycée.

Elle est heureuse de voir son fils s'engager dans sa vie de lycéen avec autant d'ardeur. Il se révèle naturellement doué pour tout ce qu'il entreprend. En dehors des cours il participe, ici à une pièce de théâtre, là une compétition de natation.

Léna entretient avec son fils une relation exceptionnelle. Ils peuvent débattre de tout. Même s'ils ne sont pas toujours d'accord, ils échangent leurs points de vue. Le respect qu'ils se portent mutuellement enrichit leur relation un peu plus chaque jour.

La mère de Paul est aussi très appréciée de ses jeunes camarades. Elle ne joue pas un rôle de « parent-copain », mais assume la double responsabilité de « mère et père ». Beaucoup de garçons et filles se confient à elle, et tous apprécient particulièrement les soirées chez Paul, que ce soit pour étudier ou faire la fête.

Léna se réjouit de l'hétérogénéité des connaissances de son fils, de cette facilité à communiquer entre eux. En les observant elle s'étonne de cette nouvelle génération, de cette volonté de faire autrement, de créer de nouveaux horizons.

Lorsque toute cette jeunesse remplit sa maison, Léna prend plaisir à se placer en retrait pour les observer. Ils sont déjà sur la voie de carrières artistiques ou scientifiques ...

Léna sait que Paul est le garant du respect que ses camarades lui portent. Il protège sa mère, parle d'elle avec tellement de précaution que personne ne se permettrait le moindre écart de conduite.

Elle accepte rarement de rester avec eux, tout au plus, elle traverse la cuisine pour prendre une bouteille d'eau et se réfugier dans une pièce à l'écart, après quelques échanges et refus courtois de leur invitation de « se joindre à eux ». Mais Paul aime savoir sa mère près de lui, il est terriblement fier d'elle, et le montre en multipliant les attentions à son égard.

Léna sait que pour ses jeunes camarades, elle représente le parent dont ils rêvent. Elle connait peu les autres parents, qui ne font aucun effort pour la rencontrer.

മാരു

Une seule fois Léna dut intervenir brutalement. Son instinct de mère préserva Paul d'un choix difficile. Il sortait avec une jeune fille, belle comme un cœur mais percée de troubles que ni son fils, ni Léna ne parvenaient à résorber. Malgré une multitude d'efforts pour écouter et accompagner cet oiseau blessé, la jeune fille persévérait dans son attitude retranchée. Léna proposait des week-ends dans des lieux féeriques de la région, et choyait les tourtereaux de son mieux, mais rien à faire.

La petite amie de Paul s'était réfugiée chez eux et Léna ressentait souvent un malaise en sa compagnie.

Jusqu'à ce dimanche à l'heure du déjeuner, alors qu'elle avait largement dépassé la grasse matinée habituelle, la jeune fille restait cloîtrée dans la chambre de Paul. Léna la pria de se joindre à eux et força la chambre de son fils avec son approbation. Elle vit le regard vitreux de cet enfant, sentit l'odeur de ce qu'elle venait de fumer, la pria sur le champ de prendre ses affaires et rentrer chez ses parents.

Après cette scène Léna téléphona aux parents de la jeune fille pour les prévenir de l'incident. Elle reçut une oreille attentive et polie, mais comprit que ses efforts de communication n'étaient pas partagés.

Elle n'avait pas pris soin de consulter son fils pour cet ultimatum. Ils étaient tellement habitués à vivre ensemble, que Paul avait vécu cette scène naturellement. Il connaissait sa mère et ses exigences et ne pouvait que lui donner raison.

Pendant plusieurs semaines ils ne parlèrent plus de la jeune fille. Et puis par hasard, en fin d'année scolaire, ils apprirent dans un premier temps que ses parents l'avaient conduite en cure de désintoxication et qu'elle s'était suicidée. Léna fut atteinte profondément par cet échec, mais Paul lui confia qu'il ne l'aimait plus parce qu'il ne supportait pas qu'elle ne soit attirée par lui que dans l'espoir qu'il la suive dans ses excès.

Quelques temps plus tard, ils eurent des nouvelles différentes de la jeune fille. En très bonne manipulatrice elle s'était fort bien sortie de ce passage difficile, mais avait contraint ses parents à informer Paul de son suicide pour que celui-ci s'apitoie sur elle. Paul se montra très prudent avant de renouer une relation intime avec une autre jeune femme.

« C'est notre propre lumière
qui nous effraie le plus. »
Marianne WILLIAMSON.

Reconstruction sans séduction.

Léna applique méticuleusement les principes qui jalonnent sa nouvelle vie.

Celui de **l'indépendance** qui a nécessité d'une part l'extraction de la bulle familiale et maritale, et d'autre part des efforts conséquents pour réaliser son projet professionnel.

Celui de **la liberté** qui exige d'elle une honnêteté physique et intellectuelle rigoureuse. Comme ne pas partager quoi que ce soit avec autrui tant que les offres ne sont pas équilibrées, égales ou de même qualité.

Enfin, le principe selon lequel **liberté et indépendance** sont les fondements les plus formateurs de la personne à la recherche de son identité et du sens propre de son existence.

☙❧

Léna avait écrit à Paul :

« Aujourd'hui nous ne sommes tenus à rien,
A rien si ce n'est « exister »,
Parfaire l'achèvement de notre personne,
Le mieux possible,
Jusqu'à notre mort.

A rien, si ce n'est nous enrichir chaque jour,
Le cœur et l'âme pour rayonner
En nous et autour de nous.

Autrefois nous étions tenus
A des tâches domestiques,
A toute sorte de scènes,

Dont l'auteur était un tyran.

Et quel que soit notre manière

De répondre à ses caprices,

Pour lui plaire,

Elle était sujette à des critiques,

Des humiliations...

Aujourd'hui nous ne sommes tenus à rien,

Si ce n'est « exister, respirer » en toute
liberté,

Et jouir du simple Bonheur de Vivre,

D'être HEUREUX enfin. »

ഇ൪ഗ

Depuis quatre ans, Paul relit cette lettre régulièrement. Aujourd'hui il souffle ses vingt bougies et sa mère vient d'accepter un poste important sur le littoral. Il sait que son refus de la suivre la torture, mais elle n'ira pas contre sa volonté. Il préfère rester avec ses amis, et étudier à l'université qu'il a choisie.

Ils savent tous les deux que ni la distance ni le temps, ni rien au monde ne les séparera jamais.

Paul vit en colocation avec d'autres étudiants et cela lui convient.

Il accompagne sa mère dans son nouvel appartement spacieux et lumineux, au bord de l'océan. Il sourit en découvrant qu'elle a prévu d'aménager un espace confortable en mezzanine pour qu'il la rejoigne souvent.

Léna aime cet endroit qui lui convient tout à fait. Paul est heureux que leur vie soit si riche et bien remplie.

Il ne veut que le bien-être de sa mère. Peut-être tombera-t-elle amoureuse d'un autre mec que lui. Il n'ose jamais aborder le sujet. Sa seule inquiétude ; que Léna ne rencontre pas l'homme qui la mérite, mais il lui fait confiance.

Il l'a déjà vue à l'œuvre pour remballer quelques balourds, et s'est toujours amusé de ces scènes.

ॐ

Tom lui rend visite pour la première fois aussi naturellement que s'ils avaient toujours vécu ensemble.

La pureté de la lumière de la ville et le spectacle coloré de la foule déambulant continuellement dans les rues, lui donnent l'impression de découvrir un espace hors du temps.

Ce qui rend l'instant féerique n'est autre que cette silhouette suspendue à l'autre bout du quai. Ils n'échangent que des regards, s'arrêtant par instants pour voir au fond de leurs yeux, les battements de leurs cœurs.

Leurs gestes glissent harmonieusement. Et lorsqu'enfin ils commencent à échanger des banalités, ce ne sont pas les mots qu'ils entendent, mais la musique de leurs voix.

Léna a préparé un déjeuner composé de légumes verts et de poisson à l'huile d'olive, de framboise et de vanille. Ils débouchent un excellent champagne, et Tom pour appuyer son propos, pose sa main sur le genou de Léna. Elle prend cette main si douce et si légère et la porta à ses lèvres. Il se penche sur son visage et lui demanda :

- Veux-tu bien de moi ?

C'est une demande en mariage, Léna répond par ce sourire merveilleux qui soutient ses yeux remplis de paillettes. Elle souffle un « oui ».

Alors il enlace cette femme avec autant de délicatesse que s'il avait porté à sa bouche un sacristain sans en renverser un seul grain de sucre.

Léna se laisse envahir par la douceur de ses caresses. Le parfum de la peau de Tom l'enveloppe de douceur et d'une chaleur qui gomme et réveille en même temps des sensations fortes enfouies au fond d'elle-même.

Tom sait parfaitement la toucher, parcourir son corps, l'emporter, la serrer contre lui. Leurs corps découvrent pour la première fois ce que veut dire « aimer ». Et lorsqu'il entre en elle, il ne se possède plus. Ils sont l'un à l'autre, l'un pour l'autre. Ils comprennent qu'ils s'aiment pour la vie, pour l'éternité. Léna ressent le plaisir de Tom à travers le sien. Il l'aime, simplement guidé par ce qu'elle lui offre. Il fait chanter, danser, se courber cette œuvre d'art, et n'est plus que l'artiste troublé par sa muse. Au comble du bonheur de le rendre vivant, il concrétise cet amour qu'il portait en lui depuis tant d'années, et qui vient à peine d'éclore.

Comment a-t-il-pu hésiter si longtemps ? Il connait la réponse. Il sait que la patience depuis ce baiser volé, dans cette traboule, douze ans auparavant, était un cadeau pour lui faire apprécier l'intensité de cet instant. Retenir ce désir immense de rattraper cette fée qui s'enfuyait lui avait permis de la garder à tout jamais.

⁊⁋

Léna au comble du bonheur dû percevoir la brève rêverie de Tom.

Elle est prise de panique malgré elle. En une fraction de seconde, elle se sent submergée par la peur de l'abandon, du mensonge, et du manque de confiance en elle. Sans prévenir, un souvenir douloureux assombrit son visage. Elle doit supplier Tom de ne plus la toucher, et inonde de larmes ses cheveux et l'oreiller.

Tom comprend tout de suite son imprudence. Comment a-t-pu ? Tout à son Bonheur, il aurait donné à la seule femme qu'il aime l'impression de ne pas lui laisser toute sa place ?

Absorbé par le souvenir, aussi furtif soit-il, de ce premier baiser, il comprend qu'il a relâché sa présence dans l'instant.

Il reprend Léna dans ses bras, dépose des baisers sur ses paupières salées, et lui parle avec une infinie tendresse :

- Dis-moi mon Amour, je sais, c'est douloureux, veux-tu m'en parler ? Que se passe-t-il dans cette jolie tête ?

Léna ne retient plus ces larmes enfouies depuis tant d'années au fond d'elle-même.

Elle s'entend parler plus qu'elle ne formule les phrases, une voix de petite fille parle à sa place.

Les images qui la submergent l'horrifient. Au-delà des années de torture avec son ennemi intime, comment ce vieux cauchemar pouvait-il ressurgir à cet instant précis ?

ɛ⃝ɞ

- Nous étions en vacances en famille. Je ne sais pas si la négligence de mes parents tenait à l'ambiance estivale, ou s'ils ne se rendaient pas compte de ce que je risquais, mais ils me laissaient souvent au camping avec des copains et copines de vacances. J'étais encore une enfant avec un corps d'adolescente qui respirait la joie de vivre.

Ce soir-là ma famille s'était rendue à la fête du village sans moi. Je sortais avec un garçon, alors que je n'avais pas quinze ans, cela ne dérangeait pas mes parents. En fait, je crois qu'ils s'en moquaient.

Pendant la soirée, nous avons décidé avec ce petit-copain, d'aller à pied rejoindre ma famille.

Et sur la route, le jeune garçon décida de faire du stop. Je ne me sentais pas à l'aise, j'avais toujours entendu dire que c'était dangereux, surtout la nuit. Lui s'amusait de mon inquiétude, il jouait les gros bras, mais moi je voyais ce pouce tendu vers la route comme une condamnation à mort.

Je portais des sandales, une mini-jupe claire et un chemisier. Au bout de quelques minutes, une camionnette blanche ralentit et s'arrêta pratiquement dans le fossé pour nous barrer la route. Quatre pêcheurs se trouvaient à l'intérieur, l'un d'eux est sorti en se précipitant sur nous et il nous a accostés avec un ton paternel :

- Hé ! les p'tits où vous allez comme ça ?

- Au village, répondit le jeune garçon interloqué.

- Bon, toi mon gars tu passes derrière et la fillette devant...

Et sans que je puisse faire quoi que ce soit, le gros bonhomme m'avait coincée entre lui et le chauffeur qui démarra aussitôt.

Il régnait une ambiance insoutenable à bord. Je criais, me débattais, j'appelais mon compagnon de route au secours, mais celui-ci était bâillonné par la peur ou les autres pêcheurs, je ne l'entendais pas, et ne pouvais pas le voir.

Je sentais cette odeur de vin et de poisson, les mains des hommes prenaient mes seins et se faufilaient entre mes cuisses que je tenais serrées de toutes mes forces.

Au comble de l'effroi, dans leur folie, ces hommes me passaient des anguilles dans le cou. Ils glissaient ces animaux morts dans mon chemisier. La scène dura une éternité. Je me débattais et criais tellement que le conducteur dut avoir un bref instant de lucidité. Il prétexta qu'il n'avait plus d'essence pour ralentir le véhicule qu'il maintenait avec difficulté sur la route.

Je rassemblais toutes mes forces et parvenais à ouvrir la portière. Je me suis enfuie dans les dunes.

Mais les hommes me prirent en chasse, comme une meute de loups. L'un d'eux m'a saisi la cheville, déchiré mes vêtements. Je crus m'évanouir sous le choc qui m'avait projetée à terre.

Cette bête ne se contenait plus, il entra dans mon corps de petite fille avec une violence indescriptible. Au moment où je pensais que la douleur s'arrêtait, ou je sentais son poids se lever, un autre entrait à nouveau, puis un autre... Seul le chauffeur de la camionnette qui se tenait à l'écart, rappelait ses camarades à la raison, il sut les convaincre de partir.

Ils disparurent aussi subitement qu'ils étaient apparus, me laissant chiffonnée à jamais et aussi répugnante qu'un morceau de viande avariée.

C'est alors que j'ai entendu le bruit des vagues, et que j'ai senti la fraîcheur du vent.

Je me suis levée, j'ai vu l'écume blanche éclairée par la pleine lune, et dans la réverbération du sable, j'ai aperçu le jeune garçon, figé de torpeur qui regardait dans ma direction.

Ils l'avaient laissé là, seul témoin de la scène du crime qu'ils avaient commis, et qui ne serait jamais puni.

Je me suis dirigée vers lui, je ne sentais que les mains de ces hommes, la brûlure dans mon ventre et le contact froid des poissons. Je me suis jetée contre lui en le suppliant de me toucher pour tenter d'effacer toutes ces horribles sensations sur ma peau. Mais le pauvre garçon était tellement choqué qu'il m'a repoussée et s'est enfui.

J'ai alors regardé mes mains, mes vêtements déchirés. Je sanglotais, et mon corps tremblait.

Comme un automate, je me suis dirigée vers l'océan, non pas pour en finir, mais pour me laver et cicatriser mes blessures. L'océan m'a prise dans ses bras, m'a soignée avec des brûlures encore plus intenses, mais le froid et les sensations cuisantes m'ont ramenée à la vie.

La force des flots aurait pu gommer toute la laideur de ce viol.

Je ne sais plus comment je suis parvenue jusqu'au camping, j'ai marché plusieurs heures, guidée par la lueur de la lune.

Et le lendemain matin au réveil, je n'ai pas répondu au ton de reproche de ma mère.

- En voilà une heure pour te lever, je sais qu'on est en vacances, mais tout de même ! Je me demande bien où tu es allée traîner hier au soir, on t'a attendue, on a même vu ton petit-copain, il buvait de la bière...

ℰↃℭ

Des années plus tard, Léna avait cherché auprès de rares relations qu'elles effacent ces traces indélébiles. Aucun homme ne pouvait poser ses mains sur sa poitrine sans qu'elle ressente un profond dégoût. Mais ils la prenaient aussi dans leurs bras et elle se contentait de cela. Aucun n'avait pu effacer ce traumatisme, surtout pas son « ennemi intime » qui avait abusé d'elle pendant dix-huit longues années. Aucun... jusqu'à ce jour. Tom savait depuis leur première rencontre que le cœur de cette femme débordait d'amour.

- Pourquoi n'as-tu parlé à personne de ce drame ? Ni à une amie, ni à un médecin ? Si tu ne voulais pas en parler à ta famille, tu aurais pu trouver quelqu'un d'extérieur pour t'aider ?

Tom caresse ce beau visage qui avait repris pendant son récit les traits d'une adolescente.

- Qui aurait pu me croire ? A cette époque, on m'aurait répondu que « je n'avais eu que ce que je méritais... Que je savais bien qu'il était dangereux de monter dans le voiture des inconnus... Que je n'avais pas à porter des tenues aussi aguicheuses ... »

- Et puis j'ai essayé, au bout de quelques semaines, à mon retour à la maison, j'ai dit à ma mère que j'avais du retard... J'avais peur ! Elle m'a répondu :

- Si tu étais mariée, tu te dirais « merde, je suis enceinte » ...

Que voulais-tu, je n'ai pas eu le courage de lui dire « mais maman, je suis **peut-être** enceinte ! »

Alors au bout de quelques semaines, j'ai ressenti des douleurs abominables dans le ventre, et j'ai supplié ma mère de me conduire chez un gynécologue.

La scène fut insupportable. Après avoir exposé au médecin tous mes symptômes, elle m'a installée sur la table de torture. Un simple paravent nous séparait de ma mère. Elle entendait toute la conversation.

La gynécologue avait compris, elle me demandait à haute voix :

- Je n'ai pas entendu votre réponse, avez-vous eu des rapports sexuels sans protection ?

- oui, je vous l'ai déjà dit !

- ce n'est pas très prudent mademoiselle, d'autant qu'aujourd'hui vous pouvez prendre la pilule.

Ce médecin avait un ton méprisant. Je n'étais pas enceinte, je développais des kystes aux ovaires.

Dans la voiture, je n'osais pas regarder ma mère. Je me sentais humiliée, je la détestais de m'avoir si peu aidée, d'avoir utilisé lâchement le verdict du médecin pour satisfaire sa curiosité. Ma mère redoutait que ses filles puissent perdre leur virginité avant le mariage. Elle ressassait intérieurement des scénarii sans se douter que sa fille avait subi un viol. Elle n'avait qu'une idée en tête : je lui en faisais voir de toutes les couleurs. Aurait-elle admis la vérité ? Que pouvait-elle faire, elle qui n'avait jamais supporté sa propre fille, comment l'aurait-elle aidée dans l'adversité ?

Elle m'a seulement demandé :

- C'est le garçon de cet été ?

- J'ai répondu « non ». Et j'ai décidé de me « fermer » définitivement.

ଛୁଠଓ

Il aura fallu toutes ces années pour que ce chapitre s'ouvre à nouveau. Tom aurait voulu l'effacer pour toujours. Il sait que son amour est là pour gommer tous les tourments de

Léna, quels qu'ils soient. Il sait qu'en l'aimant, elle retrouvera toute sa joie de vivre. Elle l'avait attendu pour lui confier les blessures enfouies en lui offrant une marque de confiance inestimable. C'est aussi grâce à Tom et à leur complicité que Léna pouvait enfin comprendre les évènements de sa vie. Cette tragédie qu'elle cherchait à effacer de son corps et de son âme expliquait sans doute à la fois son manque de confiance et son besoin de plaire, pour être aimée. Toute sa vie intime avait été faussée par cet accident tragique.

Léna se préoccupe moins de son entourage. Elle a parcouru le chemin nécessaire pour trouver son autonomie, et décider en toute liberté de ses actes. Elle se surprend parfois à penser au temps sacrifié à la vie des autres sans retour. Mais ce temps lui a permis de comprendre qui elle est vraiment.

Lorsqu'elle se remémore cette époque de soumission qui ne lui a apporté que le dégoût d'elle-même, elle revient immédiatement à sa vie d'aujourd'hui pour mieux l'apprécier. Elle savoure chaque jour le pouvoir de sa liberté retrouvée.

Elle adopte désormais une attitude d'égal à égal en toute circonstance, quel que soit la personne qui se trouve en face d'elle. Elle renforce son respect pour elle-même, et son interlocuteur se sent en confiance, mais pas au point d'en abuser. Elle n'a plus besoin de séduire pour exister.

Seul Tom connait la vérité, le chemin parcouru. Avec Paul ils constituent les piliers de sa nouvelle vie, et peu importe qu'elle soit anti-conventionnelle.

Que l'homme de sa vie ne soit pas le père de son enfant ne change rien à leur bonheur. Leur vie se construit le plus naturellement qui soit. Elle est la femme de Tom et ce qu'ils vivent leur appartient. Elle protège ce bonheur avec une vigilance infinie afin que personne, jamais, ne le détruise.

෨ჹ෨

Paul est toujours très prévenant pour sa mère. Il la couvre d'attentions et de gratitude pour l'éducation maternelle qu'il a reçue.

Léna ressent la force indestructible de leurs liens.

Ainsi elle rayonne entre les deux hommes de sa vie. Son cœur partagé symétriquement en deux, bat à l'unisson. Le tableau de son bonheur s'est construit naturellement. Il était inscrit depuis toujours en elle, et il prend désormais des formes étonnantes.

ഗ∞ങ

Elle a retrouvé sa fraîcheur et sa joie de vivre naturelle. Elle connait le prix de ce bonheur, et les absences de Tom ou l'éloignement de Paul ne lui pèsent pas.

Si la tristesse cherche à s'immiscer en elle, aussitôt elle réagit en se remémorant les souvenirs de sa vie avec l'un ou l'autre de ses hommes. Ou elle imagine leur prochaine visite, et le calme l'habite de nouveau.

Paul appelle sa mère tous les jours, lui rend visite régulièrement. Il organise ses voyages pour retrouver son équilibre. Sa mère ne lui impose rien, même si « elle aurait souhaité le voir plus souvent ». Elle l'aide au mieux par ses réponses aux difficultés qui peuvent envahir son quotidien. Elle ne lui pose jamais de question, ne lui prodigue aucun conseil. Mais Léna sait détecter les angoisses de son fils. Elle sait accompagner en douceur ses tourments et libérer sa parole. Cette belle philosophie qu'elle n'a pas toujours pu mettre en pratique pour elle-même, se cristallise en posant les mots justes sur les doutes de son fils. Elle dénoue un à un les nœuds de ses pensées, simplement en lui offrant son cœur et tout son espace. Elle ne triche pas avec lui, même si Paul la juge parfois un peu trop dure et exigeante, il aimerait qu'elle soit d'accord avec lui sur tout. Mais le jeune homme sait utiliser les sages recommandations de sa mère.

Ils peuvent passer des heures à parler, dormir très peu, nager et s'allonger sur le sable tout en continuant leur conversation.

Une bulle les enveloppe, ils sont l'un à l'autre, comme toujours, tout le temps que dure la visite de Paul.

Léna le raccompagne à la gare, elle n'a jamais le courage de voir partir le train. Paul le sait, il embrasse sa mère sur le quai, la serre de toutes ses forces, la soulevant du sol pour la faire rire, et profite des deux heures du trajet pour mettre de l'ordre dans tout ce dont ils ont débattu.

Lorsqu'il pose le pied sur le quai de la gare, il a pris des décisions. Il est armé pour affronter ses problèmes, et heureux de ce temps passé auprès de la première femme de sa vie, incomparable, aimante et aimée. Il comprend même leurs désaccords et se dit qu'il lui doit bien plus que la vie.

Lorsque Léna fait le voyage pour rejoindre son fils, ils n'organisent rien. Au moment où elle l'appelle pour convenir d'un endroit où se retrouver, ils sont toujours amusés d'être aussi près l'un de l'autre. Un jour même elle le suivait de quelques pas.

La magie s'opère, Paul passe son bras autour des épaules de sa mère sans se préoccuper de la foule. Ils croisent toujours des connaissances. Elles ont toutes entendu parler de Léna ou l'ont déjà rencontrée. Paul l'entraîne dans un restaurant sympa ou un bar musical, s'enivre de la présence de sa mère avec un élan qui les amuse tous les deux.

A son retour, Léna fait un détour pour partager un nouvel espace de liberté avec l'autre homme de sa vie.

ও)ওও

Ils ont attendu longtemps cette journée de ski. Léna la trouve « exceptionnelle », Tom lui répond qu'il n'y avait rien de plus « normal ». Il rêve depuis longtemps de glisser sur les pentes enneigées avec la femme de sa vie.

Ils n'ont pas vraiment choisi le moment, à peine réussi à caler une journée de printemps avant que la station ne ferme, et le soleil est au rendez-vous.

Tous deux amoureux de la perfection, sans rien provoquer, cet espace de liberté frôle l'excellence.

Léna n'a jamais chaussé de ski mais ses sorties en roller avec Paul lui donnent confiance en elle. Elle suit Tom avec une admiration à peine dissimulée. Lorsqu'ils prennent le téléphérique elle ne peut contenir son émotion à la vue du paysage et déverse des larmes sur l'épaule de Tom qui se sent plus amoureux que jamais.

§)C§

Au sommet la neige qui les attend est d'une qualité exceptionnelle. Ce qui les transporte de joie, ce n'est pas seulement le plaisir de partager ce qu'ils aiment. Les sensations de glisse, le plaisir du corps confronté à la nature qui donne à l'homme ce petit supplément d'âme. Ce qui sublime leur bonheur, c'est bien plus l'émerveillement d'être ensemble, en vie, et ce miracle de leur amour qui les unit.

Tom lit dans les yeux de Léna, dans son visage transporté, tout son bonheur de vivre cette journée comme un fabuleux cadeau. La simplicité et la magie de se trouver dans ce décor sublime gravent en elle une nouvelle page de leur amour.

ᏭᏯᏓ

Les rochers dressés en citadelle, la chaîne des montagnes couvertes de neige, et les lacs verts gelés au fond de la vallée, offrent un spectacle féerique. Ce décor envoûtant s'harmonise parfaitement avec leur amour.

Elle vit intensément des moindres détails de cette miraculeuse journée. Léna remplit ses alvéoles pulmonaires de cet air pur, et se laisse transporter, au-delà de son corps, par la félicité du moment.

A plus de trois-mille mètres d'altitude elle se délecte de la silhouette de Tom, de sa fluidité. Il joue gracieusement dans les bosses et sur les pentes immaculées. Léna reste partagée entre l'envie de glisser dans ses traces, et le plaisir de s'arrêter pour le regarder s'amuser sur les flancs de son terrain de jeu favori, comme un adolescent.

Les émotions de cette journée sont si fortes que Léna doit retarder son retour pour remettre le pied dans sa vie quotidienne. Rien désormais ne sera plus comme avant.

A chaque espace de liberté leur amour se renforce, mais les fragilise aussi, les isolant davantage du reste du monde. Léna doit alors redoubler de vigilance et d'efforts pour « se recomposer » avant de retrouver son environnement professionnel.

Une sorte de fragilité les accompagne le temps qu'ils reprennent leur enveloppe des jours ordinaires.

Léna est confiante, Tom a su chasser les maux dégradants que son entourage passé avait posés sur elle.

ৰৎСঙ

Elle peut encore parfois, craindre de croiser Robert à l'angle d'une rue. Mais elle ne pense jamais à lui, tout juste un cauchemar ou une brève allusion de temps à autres. Et lorsqu'on l'interroge sur son état civil, autant de fois qu'elle le peut, elle répond « célibataire », comme pour rattraper dix-huit années perdues de sa vie.

La porte de l'ascenseur s'écarte, et Tom apparait. Il remplit l'espace de Léna, entre dans son cœur en un éclair. Sa force et sa paix intérieure la gagnent instantanément. Elle se fond dans l'âme de cet homme qui coule en elle, d'une source intarissable.

Toutes ses inquiétudes s'envolent dans un bruissement familier. Il est là, enfin, et ils ne sont plus qu'un, réunis comme deux pièces uniques qui s'emboîtent pour reprendre vie.

Le temps est déboussolé, une fois encore il se précipite et s'arrête pour les défier...

Mais Léna est trop absorbée par leur bonheur simple, pour prêter attention aux codes du reste du monde. Le présent dure éternellement, il ne s'arrête ni ne ralentit, il est intemporel puisqu'il fait partie de leur espace de vie.

Les mots qu'ils échangent ne sont plus des phrases mais leur propre musicalité. Leurs voix émettent des sons qui caressent leurs oreilles et réjouissent leurs cœurs.

Tom embrasse Léna comme la première fois et elle est en apesanteur. Ils s'aiment et elle ne sait plus si ce qu'elle ressent vient d'elle ou de lui. C'est à la fois doux et puissant. Tom retient sa force pour mieux la diffuser en Léna, pour qu'elle dure et que leur amour les accompagne indéfiniment.

ঙেৱেঙ

Son regard s'assombrit. Léna perçoit le silence de Tom comme un mauvais présage.

Avant qu'il ne prononce un mot, le chagrin envahit le cœur de Léna.

- M'accompagneras-tu pour les obsèques de ma mère ?
  Elle est partie hier.

A suivre, du même auteur :

- *Ne plus voir le ciel bleu.*

9 782322 083787